U0797815

漫娱图书

进 击 的 美 人 系 列

雅宋美人集

顾闪闪 等著

FASHION BEAUTY

长江出版社
CHANGJIANGPRESS
漫娱图书

PREFACE 前言

“和羞走，倚门回首，却把青梅嗅。”

作为宋朝最具代表性的女词人，易安居士寥寥几笔，便将小女子的生动情态书写到极致，这又何尝不是那个时代的女子独特气质的写照？

与唐朝女子的明艳张扬相比，宋朝女子更追求典雅含蓄之美。如果说唐朝的美人们敢爱敢恨，如滚滚江水；那宋朝的美人们便是机敏灵秀的象征，如潺潺溪流。

“最会生活，最具雅趣”是宋朝女子引以为豪的特质。

宋朝女子爱打扮。她们头戴花冠，画珍珠妆，于细节处比拼时尚，早早地穿起了“高级定制”，配色花样无不充满设计感。在经济蓬勃发展的宋朝，即便平民女子，也拥有妆扮自己的权利。“黄昇墓”中出土的各色衣物，更是为宋朝美人们的衣柜增添了几分绮丽的猜想。

宋朝读书的女子颇多，她们的文采也甚好。当时人们公认李易安、魏夫人这两位才女，即便处于衣冠之列，也能与秦观、黄庭坚争雄，她们的才华也不只局限于闺阁。除此之外，点茶、插花都是宋朝女子的必修课。观灯、品蟹、中秋赏月也是她们生活中不可或缺的一部分，大宋女孩于这一件件小小的风雅趣事中，渐渐学会了怎样多爱自己一点。

提起宋朝女子，许多人眼前便会浮现出“大门不出，二门不迈”的传统闺秀形象，仿佛这是一个女性不得不收敛锋芒的时代。

但须知，她们之中不仅有风流无双的绝世美人李师师，也有击鼓退金兵的名将梁红玉，亦有“生当作人杰，死亦为鬼雄”的才女李清照，更不用说权倾朝野、英明威严的女强人刘娥。从她们身上，我们看到了古代女性人生的各种可能。

逆风飞翔，不曾折断她们的翅膀；战乱风尘，掩不去她们的锋芒。

她们的风骨，她们的情趣，她们对生活的热爱，早已融入流淌的岁月中，成为两宋三百载不可抹去的璀璨风华。

雅 宋 美 人 集

FASHION BEAUTY

CONTENTS

目录

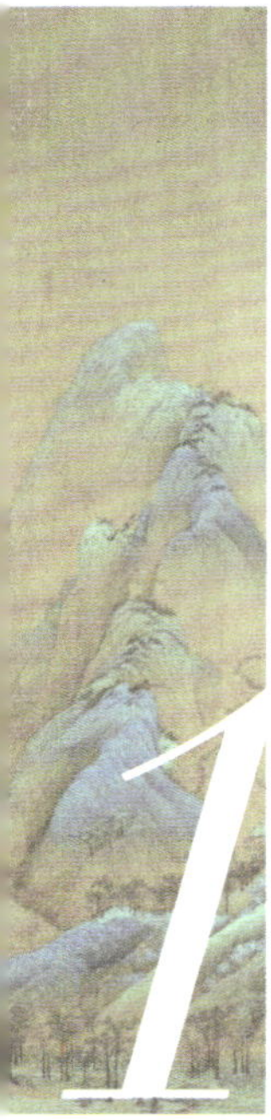

CHAPTER ONE

第一章：玲珑妙笔

CHAPTER TWO

第二章：至尊红颜

CHAPTER THREE

第三章：舞袖生香

FASHION
ya Song

BEAUTY

雅事集

美人录

风俗记

第一章 玲珑妙笔

以千古第一词人李清照为代表，宋朝涌现出了一群通文墨、擅书画的闺中才女，她们通过笔下纤秀多情的文字，聊寄心事，施展才华。

B E A U T Y

黄梅时节家家雨，青草池塘处处蛙。

有约不来过夜半，闲敲棋子落灯花。

——南宋·赵师秀《约客》

雅事集

YASHIJI

翰墨飘香，丹青溢彩

《梦梁录》云：“焚香点茶，挂画插花。四般闲事，不适累家。”生在宋朝，要想修炼成一位合格的名门淑女，怎么能不精通这些必修课？

焚香

平生饱识山林味，不奈此香殊妩媚①

顾闪闪 / 文

欢迎光临雅宋香铺！

今日是本店的十周年店庆日，全场香炭七折起，进店即送上品乳香试用装，大家走过路过不要错过啦！

小店之所以能红红火火地开上这么多年，得益于我们大宋百姓家家户户都有焚香的习惯，尤其是书香门第，更是将焚香与点茶、挂画、插花并称为日常生活中的“四般闲事”。

对于女孩子来说，焚香和梳发化妆一样，都是提升自己魅力值的小技巧。试想一位淑女静立厅中，朱唇未启，一缕冷香已袅袅袭来，岂不比浓妆艳抹更令人心折？

宋人爱香，却不嗜扑鼻浓香，便如同茶汤清苦淡淡，宋人焚香，品的亦是“自然香气”。在他们眼中，草木花叶，无不可拿来制香。时节不同，所焚香方也因时而变，春季最宜温软甜腻的“意可香”；夏季宜燎“沉香”，消溽暑；秋季少不了散火醒神的“瑞脑香”；冬日百花沉寂，更该点上一炉“返魂梅”，“香今政作依稀似，乃能令花顷刻开”，别有一番意趣。

当然，上面这些都是寻常气味，真正低调奢华的香方莫过于“私人定制”。黄庭坚、苏轼等人都是制香界的宗师级人物，他们独创的“黄太史清真香”和“闻

① 出自杨万里《烧香七言》。

思香”抢手得很，回回都是一上架就被抢光。

宋人爱香，不仅体现在香方多样，就连焚香的方式也很有讲究，主要可以分为“篆香”和“隔火焚香”两种。

篆香又被称为百刻香，是将香料做成篆文形状，点其一端，根据篆形走势，徐徐燃尽。焚香人可以根据燃烧的进度估算时间，一香多用，风雅有趣而又充满书卷气。这种篆香留香持久，适合搭配茗茶丹经，于休沐日点上一盘，有益于放松身心，舒缓焦躁情绪。

与篆香相对的，是见香不见烟的隔火焚香。《陈氏香谱》中详细记载了这种特殊的焚香方式。首先，焚香要选在深房曲室内，取一矮桌，将细瓷香炉置于其上，高度恰好与膝盖齐平；而后点燃炉中香炭，在火上放置轻薄如纸的银叶或云母，让炉底的香气自然而然地渗透出来。

这样焚出的香，香不及火，自然舒慢，无烟燥气，是十分高级的做法，深受达官贵人们的喜爱。

宋朝大诗人杨万里就曾在一首七言诗中，详细描写了一次隔火焚香的经历。

他先是称赞了盛香的容器，青瓷如玉，碧绿胜水，而后又夸焚香的火力不文不武，分外均匀。这炉香造价高昂，不仅以龙涎、麝香作为原料，更添加了沉香和檀香，焚烧之时，便如同一捧茉莉于空中绽放，香气氤氲醉人。

写到这里，杨万里笔锋一转：哎，我虽然夸了，但并不代表我喜欢这种奢靡的香气，我就是点上，就是玩儿。你问杨万里，那你最喜欢哪种香？杨万里多半会回答：“劳驾，把我的木樨香拿过来。”

木樨，即桂花，这种随处可见而又低调文艺的花香，饱含清淡的书生气，十分符合宋人舒适而不张扬的生活态度。“草木真天香”是宋代文人焚香追求的最高境界，为此，他们还专门总结出了文人爱用的四种平价香料，分别是荔枝壳、甘蔗渣、干柏叶和黄连，接地气到了极点，还美其名曰“山林穷四合香”，大家可以买回去品一品，反正也不贵。

点茶

石辗轻飞瑟瑟尘，乳花烹出建溪春

瑶华 / 文

今天的我们很难抵御奶茶和咖啡的诱惑，但在宋人看来，茶，才是一千年前的饮品中，当之无愧的“C 位”！无论是皇家豪门，还是市井小户，都把茶看作日常生活里不可缺少的一部分。

和我们今天在杯子里扔点茶叶或是茶包，用开水直接冲泡的喝法不同，宋人喝茶，有着更讲究的流程、更精密的手法。相较于唐代将茶末加入沸水烹煮、放盐甚至葱姜茱萸的“重口味”烹茶方式，宋人点茶，无论是茶、水还是器具，乃至用来烹煮的柴火，都要尽可能地彰显格调，令人不由感叹：“怎一个精致了得？”

点茶是宋朝茶艺的极致体现，连一国之君宋徽宗都沉迷其中，甚至亲手为大臣展示自己的点茶才艺，还将多年来的点茶心得写成了《茶论》，可能是古往今来唯一一个写出茶艺专著的帝王。文人雅士更是将点茶视为风雅之事。具体要怎么点？待我们从头道来。

要点茶，当然得先有茶。宋人喝的茶一般加工成饼状，有点像现在的普洱茶饼，都要用模具压出精致的花纹，其中最有名的是福建建安出产的“龙团凤饼”。点茶之前，先将茶饼用干净的纸包起来，小心敲成块，再碾碎，之后用特制的

① 罗即筛，茶罗指筛茶用的特制用具，由罗盖、罗筛和罗底组成。

茶罗[①]筛成细密的粉末。在这个过程中，茶末已经飘出了清雅的香气。

除了精心加工茶，水的品质也不能马虎。茶的最好搭档——水，以清澈甘甜的山泉为上佳，稍差一点儿也得是流动的活水。在选择水方面苏东坡可是行家，他曾经写道："活水还须活火烹，自临钓石取深清。大瓢贮月归春瓮，小杓分江入夜瓶。"为了取得质量最好的水，苏轼亲自在月下从江中最深最清的位置将其舀出，做了一回"大自然的搬运工"。

煮好水、烫好茶具，让茶盏保持温热的状态，就进入了点茶的正式程序。

第一步调膏，是将茶末放入茶盏，加入少量开水，调成极其均匀的茶膏，就跟我们今天冲速溶咖啡粉差不多。

第二步点茶，在茶膏里继续注入烧开后略微静置一会儿的热水，边注水边用茶筅[①]搅拌，叫作"击拂"。按照宋徽宗《大观茶论》里所说，这个过程共分为七个层次，注入的七次水叫"七汤"。每一汤的击拂手法都不同，直到最后茶盏里的茶充分调和，表面的浮沫细密如云，才完成了一次完美的点茶。

有的点茶高手，甚至能够通过击拂让茶汤上的浮沫形成山水、花鸟、人物等精巧的图案。这些图案被称为"水丹青"，其制作技艺比现在的咖啡拉花不知高到哪里去了。北宋时有个叫福全的和尚，能够在注汤时让茶汤表面的泡沫形成一句诗，点好四盅茶摆在一起，正好呈现出一首绝句，可称技艺通神。

点茶当然也需要全套的趁手工具，通常由十二件组成，南宋人董真卿称之为"十二先生"，它们各自也有别致的名字："韦鸿胪"是装茶饼的，"金法曹"是碾茶的，"陶宝文"是茶盏……连用来清洁茶具的布巾都有自己的名字——"司职方"。

这些令人眼花缭乱的技巧和精美的工具固然令人歆羡，不过，宋朝著名隐士、以"梅妻鹤子"著称的林逋[②]更喜欢清幽的风格。"石碾轻飞瑟瑟尘，乳花烹出建溪春。"他在诗中写下自己的点茶场景，无论是碾茶、击拂还是品尝，都透露出一种隐居世外、不问凡俗的超然，在和靖先生的心里，浊世少有知己，他只能在独自点茶品茶时追想古人的风雅。

① 茶筅，用来点茶的工具，由竹块制作而成，用以调搅粉末状的茶。

② 林逋，字君复，后人称为和靖先生，北宋著名隐逸诗人。

挂画

诗画本一律，天工与清新

瑶华 / 文

各位客官，走过路过不要错过，小店出售的名家字画品质大有保证，东坡先生和他的好友们就曾多次光临敝店，您确定不进来看看？正所谓：“大宋人，艺术魂，不看画不是大宋人。”

什么？您来自八百多年后？想必在您的那个时代，看画已经很容易了，想看随时都能看，没必要专门“挂”起来。但对宋朝人来说，“挂画”更像是一种独特的艺术消遣形式，既可以体现高雅的情趣，又能和好友们共同分享心得，交流平生所学，还被士大夫列为“四艺”之一呢！

最早的挂画其实和品茶有着莫大的关系，当三五好友相聚、烹茶、品茗时，如果恰好得到了一幅名人字画，便会将画作挂在屏风上、墙壁上共同欣赏，品评画作的用笔、主题和浓淡风格，或是讨论画中的诗意，聊一聊有什么典故，后来便演变成了“挂画”的习俗。仅仅是一张单独的画纸，恐怕挂起来不太容易，因此古画都会装裱好画轴，方便人们随时悬挂欣赏。

还有，挂画不是随随便便就挂在墙上的。对宋朝的雅士淑女来说，欣赏挂画是一种享受，也算是一门学问。珍贵的名画如果挂在厅堂中，画前要摆放一个小案几，起到“护画”的作用，提醒观者不能随意靠近。案几上面可不能随便放东西，只能放香炉、琴、砚，用淡淡的清香、悠悠的琴韵来彰显画作的美。在这样的社会气氛下，出现了不少藏画达人，有人收集的名画甚至多达千卷，每一幅都能说得头头是道。但收集得再多，也不能一股脑儿全挂在家里，那样就和我们这些开画店的商贾差不多了，难免显得有点庸俗。一间室内挂三四幅已经是极限，要以“少而精”为最终目的。

挂画观赏三五天后便要收起来换上新的，这不仅可以增加新鲜感，还可以避免画轴放得太久出现受潮，或是挂在外面时间太长沾了很多灰尘的情况，可以说考虑得十分周到了！天气太热或者太冷的时候，也不适合挂画，因为极端的气温、湿度对画卷都会产生伤害。

对了，您如果对挂画有兴趣，不如再买一种特殊的工具吧！您看这根特制的长竿，顶端分叉，叫作“画叉”，我们店的画叉材质轻巧，做工结实。如果主人们在室外欣赏画，就需要书童们一直举着画叉，在上面挂着画作，也算是一件辛苦活儿了。为了便于在室外挂画，画叉上面还有一个特殊装置，那就是从分叉处垂下来的两条飘带，叫作“惊燕”。您想想，如果在花下看画的时候，忽然有鸟儿从旁边飞过，落下泥巴或者鸟粪把画弄脏，岂不是大煞风景？所以需要让飘带在风里时时飘拂，把鸟及时吓走才行。

一般来说，山水、花鸟等自然题材的画作最受欢迎，人们认为在观赏这些画的时候，宛如身处林泉之间，尽享清幽之趣，能够忘掉俗世中的种种不快。这我就要夸夸本朝大诗人东坡先生了，他不仅自己是书画达人，也非常擅长评鉴他人的画作。您看，这是我们传抄的他关于观画心得的诗：“边鸾雀写生，赵昌花传神。何如此两幅，疏淡含精匀。谁言一点红，解寄无边春。”这首诗不仅精准地赞扬了画者的画风，其本人观画时的闲适心情也跃然纸上，正是“文以达吾心，画以适吾意”，比起简单的夸夸，格调要高多了！

在我们大宋，寻常百姓家也会享受挂画的风雅之趣。如果普通人想与宾客共同感受一下挂画的“高大上”，但又受限于文化水平不够，不太懂画，怎么办？我们特设的“四司六局”可以帮您忙，当然前提是要付出足够的银钱，之后会有专人给您送来临时租借的名画、屏风，顺便还能帮您把环境布置得充满高雅的情趣，不过要小心谈吐间不要穿帮哟！

Y A S O N G M E I R E N J I

彩袖殷勤捧玉钟，当年拚却醉颜红。舞低杨柳楼心月，歌尽桃花扇底风。

从别后，忆相逢。几回魂梦与君同。今宵剩把银釭照，犹恐相逢是梦中。

——北宋·晏几道《鹧鸪天》

FASHION BEAUTY

yasong

F A S H I O N B E A U T Y

Mei 美人录

MEIRENLU

惊才绝艳，雅人深致

FASHION BEAUTY

- 犀利天后李清照
- 相府才女吴琼
- 知名词人魏玩

FASHION BEAUTY

李清照

文艺女青年的桀骜人生

Li qing zhao

婉约词宗

辩论冠军

酒赌兼修

知否？知否？应是绿肥红瘦。

李清照
文艺女青年的桀骜人生
JIE AO REN SHENG

南方赤火——文

ONE 闺中年华

这是一个最好的时代，也是一个最坏的时代。

北宋末年，中国的经济文化空前发达。尽管北方战事阴云密布，但暂时的和平条约给人们带来了虚幻的安全感。尤其是宋徽宗即位之后，这个搞艺术比搞政治在行的文青皇帝，带头引领文化潮流。脆弱而绮丽的空中楼阁之上，诞生了无数精致而风雅的奇人传说。

李清照就出生在这样一个时代。

爱好文艺的传统士大夫李格非喜得贵女。他并没有按照传统的孔孟之道，把女儿教育成无才便是德的贤良主妇。

相反，从这个女子童年便展露出文艺细胞就能看出，她自小便受到了系统的文学教育，家中各种杂书任她翻读。在家学熏陶和耳濡目染之下，李清照小小年纪“便有诗名，才力华赡，逼近前辈”。

北宋时期文坛群星闪耀，才子才女遍地走。李清照能以少女之身博此盛名，说明她确实有两把刷子。不过，要是后人因此而认为，李清照就是个埋首书堆、板着脸的女学霸，那可谓谬之千里。

李清照风雅不假，然而她雅得出格，雅得叛逆。

比如，作为当时汴京官宦人家的千金闺秀，李清照最出名的爱好，既不是作诗填词，也不是针凿女红，更不是弹琴作曲，而是——饮酒。

在某个悠闲绵长的夏日，李清照与众多闺蜜饮集往来。一群闺阁少女暂离了家长和社会教条的管束，各自带来精致的酒食，在花丛中尽情挥洒才情，欢声笑语回荡在荷花香气当中。

不知谁提议："来啊，咱们学古人，曲水流觞，饮酒行令呀！"

众少女竞相附和。宋朝酒文化空前发达：各王公府上都有家酿名酒，酒楼里则出售品质过硬的招牌酒，譬如丰乐楼的眉寿、遇仙楼的玉液、忻乐楼的仙醪、大名府的香桂、河南府的酴醾香，还有闹市里便能买到的甘滑羊羔儿酒、鲜红可爱的红曲酒、果香弥漫的荔枝酒、色泽鲜艳的黄柑酒、葡萄酒……

溪边小亭里，俏丽清秀的少女们觥筹交错、莺声燕语、行令斗酒、率性娱乐，空气中充满了甜滋滋的醺醉味道。

这其中，李清照最无节制，饮得最多。等到日落时分，大家尽兴而散，她已经是"侍儿扶起娇无力"——快站不住了。

她登上自己的小船，可怎么也找不到回岸边的路。水面上铺着大片大片的碧绿荷叶，粉白色的荷花开得正盛，深蓝的天空染着蜜色的晚霞，雾气弥漫，遮住了她的目光。

醉后的少女最是倔强。她一意孤行地朝着花丛深处摇船，折腾一番，反倒吵醒了眠宿在滩边的水鸟。扑啦啦，一时间鸟儿乱飞，李清照酡红着脸，倚在船头，嗅着荷花香气，只能无奈微笑。

酒醒后，她把这桩趣事随手记下，写成了一首散发着酒气的小令。

常记溪亭日暮，沉醉不知归路。兴尽晚回舟，误入藕花深处。争渡，争渡，惊起一滩鸥鹭。

醉成这样的糗事还不只一次。某一日，骤雨倾盆，打得花园中的草木簌簌作响。而李清照照例在房中饮酒消遣。酒意挑起细腻的情思，只为那宛若豆蔻少女般娇弱的一花一木，百般怜惜和愁绪涌上心头。她想，那株风姿绰约的海棠能否经得起狂风暴雨的摧残？

可惜她醉得厉害，这念头只是在脑海中盘桓一瞬，人就倒在了纱橱里一睡不醒。

等她迷糊睁眼，已是第二日天色大亮。侍女问她，小姐要吃什么早饭，穿什么衣服。她却一概不理会，第一句话就是焦急地问："外面那株海棠还好吗？"

侍女当然莫名其妙，探头往外瞥一眼，随口应和道："还在呀。"

酒意尚存的李清照当然不满意这个过于敷衍的答案。她头重脚轻地下了床，非让侍女打开帘子，亲自检查。

"傻丫头，"她嗔怪，"那海棠明明已是绿叶繁茂，红花凋零，和昨天一点也不一样了！"

昨夜雨疏风骤，浓睡不消残酒。试问卷帘人，却道海棠依旧。知否？知否？应是绿肥红瘦。

酒中情趣，别致恬适，风雅中不失俏皮，是这繁华盛世一隅的写照。

TWO 赌书泼茶

时光飞逝，文艺少女谈了恋爱，坐上了花轿，成了文艺少妇。

新婚丈夫是大她三岁的太学生赵明诚，同样是个文艺青年。只不过他文艺的方向比较特殊：别人都吟诗作赋练书法，他却醉心金石学，立志成为一名优秀的考古学家。

两家大人同朝为官，一拍即合，定下了这桩亲事。

18岁的李清照成了赵夫人，从此开始相夫教子，洗手做羹汤了？

并没有。她依旧是一个文艺而“独美”的酒客。

赵明诚是太学生，平日里在学校寄宿，每个月初一十五才能放假回家。小两口新婚即异地，相思之情可想而知。

而李清照排遣相思的办法，当然是喝一杯啦。

譬如这一日，她一边思念丈夫，一边在闺房里自斟自饮。酒意涌上，没来得及卸妆摘钗环就倒头大睡。夜半她被梅花香气熏醒过来，发现头上插的梅花已经蔫萎。长夜漫漫，无计消磨，只得用手指搓揉着残余的花瓣，再发些呆罢。

夜来沉醉卸妆迟，梅萼插残枝。酒醒熏破春睡，梦断不成归。

人悄悄，月依依，翠帘垂。更挪残蕊，更捻余香，更得些时。

除了饮酒，青年时的李清照雅癖甚多。其中之一，便是“赌博”。

在《打马图序》中，李清照直言：“予性喜博，凡所谓博者皆耽之，昼夜每忘寝食。但平生随多寡未尝不进者何？精而已。”并且她还如数家珍地列举了自己玩得精的各类赌博游戏：“夫博者……且长行、叶子、博簺、弹棋，近世无传者。若打褐、大小猪窝、族鬼、胡画、数仓、赌快之类，皆鄙俚，不经见；藏弦、樗蒲、双蹙融，近世废绝；选仙、加减、插关火，太质鲁任命，无所施人智巧；大小象戏、奕棋，又唯可容两人；独彩选、打马，特为闺房雅戏。”

她把赌博归为“闺房雅戏”，可见是看不上那种乌烟瘴气的鄙俚博戏。在结婚之后，小两口志同道合，又比较清贫，便发明了一种物美价廉的赌博方式：赌书泼茶。

小两口喜欢读书藏书，李清照博闻强识，记性超群。每次饭后一起烹茶的时候，她就和丈夫坐于书房，指着堆积如山的经史子集，一人问某典故是出自哪本书、哪一卷、第几页、第几行，对方若答中，就先饮茶。

李清照每每获胜，都开心得举杯大笑，没想到不小心因此将茶水洒了一身，反而出了丑。

此事成为千古佳话，后人竞相模仿。清朝才子纳兰容若便曾在悼念亡妻的词中写下了“赌书消得泼茶香，当时只道是寻常”之名句，寄托自己的思念之情。

此外，对于李清照夫妇来说，诗词歌赋皆可入赌局。

她曾作《醉花阴》，中有“莫道不消魂，帘卷西风，人比黄花瘦”的绝妙好句。赵明诚好胜心切，闭门三天作词五十首，拿给朋友点评，却无一首能超越，可见才女占碾压性优势。

李清照不仅是位风雅的赌友，也是闺房中难得一见的豪杰。

结婚之后，李清照受她文青丈夫的带动，也开始搞收藏。

赵明诚醉心金石学，也就是收集研究“金石”——上古的青铜器、石鼓文之类，算是个比较冷门的爱好。

金石学需要有研究材料，收藏书籍古玩是必须的。李清照很快成为一名金石学的资深专家。

赵明诚在太学读书，每当初一十五放假回家时，别的小两口或在家享受闺房之乐，或出门春游，或小酌听戏；而他们夫妻俩呢，却有一项雷打不动的活动——逛街。

所谓的逛街不是买胭脂水粉，也不是购置锦衣华服，而是逛大相国寺。当时的寺院兼有公共职能，定期开放摊位用以买卖交易，时人称为“万姓交易市场”。

市场里卖什么呢？种类繁多，应有尽有。

每逢开市，安贫乐道的小两口往往会先去当铺典质几件衣物，换点零花钱，然后一头扎进市场里的古籍文物摊子，搜集金石书画，再带回家共同研究。李清照在《金石录后序》中这样写道："每获一书，即同共勘校、整集签题，得书、画、彝、鼎，亦摩玩舒卷，指摘疵病，夜尽一烛为率。"

可见金石之坑深似海，入坑之后李清照连觉都不睡了。

后来，赵明诚走上仕途，夫妻俩经济状况好转，但依然不见大富大贵。两人"食去重肉，衣去重采"，节衣缩食省下来的零花钱全都用来填补"穷遐方绝域，尽天下古文奇字之志"。

青州古城是古代齐国的核心地区，古文物俯拾即是。作为收藏家，小两口可谓老鼠掉进米缸，研文治学，其乐无穷。

他们收集藏书，甚至通过亲友故旧，想方设法借来朝廷馆阁收藏的罕见珍奇孤本秘籍，"尽力传写，浸觉有味，不能自已"。遇到名人书画、珍稀古物，他们更是不惜"脱衣市易"。

有一次，有人拿来一幅南唐画家徐熙的《牡丹图》，开价二十万钱。两人爱不释手，可惜凑不起那么一大笔钱，只能忍痛割爱，惋惜了好几天。

李清照将自己的书房命名为"归来堂"，取义于陶渊明《归去来兮辞》，又以《归去来兮辞》中"倚南窗以寄傲，审容膝之易安"一句，取其中之雅意，自号"易安居士"。

在这段时间里，赵明诚完成了著作《金石录》，李清照"亦笔削其间"，帮助他辑集整理，并将这段日子记载在《金石录后序》中。

这种夫妻恩爱的小资生活，放到一千年后可能司空见惯。然而在当时的很多人眼里，李清照的日子，过得可谓有点太舒坦了。

因为她没生孩子。

不知是什么缘故，总之小两口一直膝下无子。放在那时候，这可是女方的七出之罪。

对比一下同时期的才女唐琬。她和大诗人陆游是青梅竹马的表兄妹，成婚之后夫唱妇随，伉俪情深，卿卿我我地赏析诗词，写点小调什么的，也相处得不亦乐乎。

但俩人没生孩子，陆游的妈就看不下去了，天天找碴数落唐琬，话里话外觉得这个儿媳妇不合格。陆游不敢跟母亲作对，只能偷偷买个别院，把唐琬像安置外室一样送进去，两人偷偷摸摸地鹊桥相会，成了苦命鸳鸯。

后来，陆游和唐琬更是被迫离婚，这才有了《钗头凤》的凄美故事。

二人"意难平"的爱情引得世人唏嘘嗟叹，但没人觉得陆游休妻休错了，大家只是觉得天意弄人，如果唐琬能生几个孩子，所有悲剧都可以避免。

而李清照也面临同样的困境，但她却并没有重复唐琬的悲剧。也许是因为她的个性刚烈，也许是由于她老公赵明诚比陆游给力点，总之小两口扛住了卫道士的责难，始终没有分开。

两人还时不时地流出各种秀恩爱的小令。比如：

晚来一阵风兼雨，洗尽炎光。理罢笙簧，却对菱花淡淡妆。

绛绡缕薄冰肌莹，雪腻酥香。笑语檀郎，今夜纱厨枕簟凉。

和风细雨的夏日傍晚，浪漫一曲结束，小娘子对镜梳妆，换上薄衫，笑着对心上人说，今晚的枕席很凉快哦。这是很多女词人都不敢大胆表露的怀春之作。

又比如：

暖雨晴风初破冻，柳眼梅腮，已觉春心动。酒意诗情谁与共？泪融残粉花钿重。

乍试夹衫金缕缝，山枕斜欹，枕损钗头凤。独抱浓愁无好梦，夜阑犹剪灯花弄。

小娘子手弄灯花，牵挂爱侣，心里还想着和他一道饮酒作诗、情谊缠绵的片段——又是饮酒。小两口过着情趣小日子的时候，看来没少喝酒。

THREE 易安难安

当然后人会推测，士大夫家庭成长出来的、熟读孔孟之书的赵明诚，对于膝下无子的事实会不会抱有遗憾，会不会想过纳妾，会不会对妻子产生怨言……

但我们没机会知道这些了。历史不容人假设。滚滚浪潮夹着泥沙袭来，将李清照夫妇的小资生活冲得粉碎。

公元 1127 年，“靖康之变”爆发。北方的金国以迅雷不及掩耳之势大举南侵，俘获宋徽宗、钦宗父子北去。承平日久的北宋措手不及，王公贵族毫无战力，早晨他们还沉浸于文恬武嬉的风雅之中，晚上便做了亡国的阶下囚。

外有兵马入侵虎视眈眈，内有奸佞横行人心惶惶，战争的阴云迅速席卷全国。

这年李清照 44 岁。她不得不和丈夫分头南渡。

如果生活是一片无限延长的剪影，那么李清照大抵会从一个兴趣奇特的风雅少女，成长为一个学识渊博而富有生趣的风雅“御姐”，每天喝喝酒，赌赌茶，盘点一下收藏品，继续她特立独行的一生。

而如今，她背负国仇家恨，只能独自回到青州归来堂，着手整理遴选家中的收藏品。

这是她和丈夫二十多年来苦心经营的成果。每一卷书画她都曾过目，每一件古器她都记得来源。厚重的碑文印拓，似乎还承载着夫妻俩深夜研读时的会心笑声。这是一个小小的文明博物馆，带着千百年来华夏大地的光辉灵气，对她来说，不仅是收藏，更是朋友、是师长、是灵魂中不可或缺的一片。

然而时间紧促，藏品太多，她一个女子，不可能把整个博物馆搬走。

于是她只好忍痛割爱，先舍弃非孤本的书籍，又放弃多幅书画，再略过无款识的古器。最终经过她反复挑选的精品中的精品，尚且装了十五车。至于剩下的藏品，她将它们锁在十余间房屋里，希望日后能够返回，用船运走。

可惜当年十二月，青州兵变，剩余书册藏品尽皆被毁。李清照身边的所有财产，只剩这十五车精华。

文艺女青年化身守护苦旅人，保护这十五车书籍器物，毅然踏上南渡的旅途。

行至镇江时，恰逢镇江府陷落，守臣钱伯言弃城而逃，而李清照却以其大智大勇，在兵火连绵中保全了这批稀世之宝，于建炎二年（公元1128年）春，抵达江宁府，和丈夫团聚。

夫妻的生活轨迹并没有重新交织。次年，赵明诚罢守江宁，和千千万万北宋地方官一样，做了逃兵。而后他赴任湖州，独身而去，将家人和财产都托付给李清照，任她在战乱中自善其身。

临别时他嘱咐：如果战事紧急不得已，先弃辎重，次衣被，次书册卷轴，次古器，剩余的最贵重的宗器者，如果保不住，你要与之共存亡。

听了丈夫的嘱托，李清照有些不认识眼前的丈夫。那个节衣缩食也要追求理想的蓬勃少年，已经沦落成一介俗人，他的爱妻，他喜爱的收藏，都可以丢在身后。

她含泪答应了。因为这些收藏，如今也是她的身家性命。

赵明诚很快病逝，但李清照没什么时间感悼伤怀。她擦掉眼泪，颠沛流离，继续护送那十几车古玩珍品。

国破，家亡，夫死，己孤。她追随赵构逃亡的路线南渡，经越州、明州辗转至奉化、台州，又从温州返回越州……途中她时常陷入乱军包围，冷硬的刀矛弓箭追在她身后。

在逃难的过程中，珍贵的收藏品一点点丢失、被盗、焚毁……甚至有人趁火打劫。

一次她借住在绍兴一户姓钟的人家。夜逢盗贼，盗走了她的五箱古玩字画。

李清照心痛之余，只能出高价悬赏，期待能赎回字画。几天后，竟然是她的房东拿着字画前来领赏，李清照这才意识到，房东监守自盗，欺负她这个无依无靠的外地女人。

最后李清照的手里只剩下一点轻便书籍，但她仍期望和南宋朝廷会合，为其找个稳妥的归宿。

可南宋小朝廷懦弱妥协，新皇帝赵构苟且偷安。昔日在汴京笙歌燕舞的皇亲国戚王公重臣，到了江南仍继续他们花天酒地的生活，甚至觉得这边风景独好。

有人认命，有人不满，有人不敢置喙。不少男性文人投入新朝廷，为如何“维系和平”而出谋划策。

然而一生叛逆的李清照，独独敢于直抒胸臆，慨叹国破家亡之仇。

不知何时，她的词风悄悄变化。那些匠心独运的小清新消失了，文字中的积淀和气魄浮出水面。

她说：

生当作人杰，死亦为鬼雄。至今思项羽，不肯过江东。

也许在写下这首绝句的时候，她想起了自己的丈夫。尽管志趣相投，琴瑟和鸣，但她始终知道，她和他不是一样的人。

如今藏品尽失，赌友也离她而去。她依旧在饮酒，时常孤独自醉。她凭栏远眺，看到的是山河破碎，落叶黄花。她唯有借酒浇愁，才能暂时排遣抑郁孤寂的心情。

临高阁，乱山平野烟光薄。烟光薄，栖鸦归后，暮天闻角。
断香残酒情怀恶，西风催衬梧桐落。梧桐落，又还秋色，又还寂寞。

风柔日薄春犹早。夹衫乍著心情好。睡起觉微寒。梅花鬓上残。

故乡何处是。忘了除非醉。沈水卧时烧。香消酒未消。

但，即便零落至此，当幸福层层剥落，“兴尽晚回舟”的日子一去不复返，李清照也没有放弃对美好生活的追求。乱世中一个弱女子难以独善其身，心术不正之徒时刻觊觎她剩下的那些随身珍宝。

她再次做出一个惊掉世人下巴的决定：再婚。

FOUR 所托非人

在媒人嘴里，张汝舟是个善良上进的经济适用男。

他虽然出身寒微，但甜言蜜语信手拈来，估计外貌也很加分，言谈举止也像个正人君子。李清照虽是才女，却不染世俗，没看透他的真面目，觉得下半辈子有个依靠也挺好。

少年夫妻的回忆依然鲜活，但人总要向前看。

既无父母之命，也无媒妁之言，可想而知，这桩婚姻要承受多少世俗的压力。

这可是注重礼教的宋朝。虽然还未发展到极端的“饿死事小失节事大”的程度，但是一个体面官宦女眷“二适”，铁定会让一群老夫子感到十分不适。

世风日下啊！一个年近五十的“老妪”还妄想男人，还是公众人物，还是才女，居然晚节不保，给世界上的小姑娘树立了多么恶劣的榜样！

李清照面对亲朋好友的劝阻，一意孤行。跟世俗作对她是熟手，反正当年发表暧昧小词作的时候，这些诋毁她也没少听。

谁知成婚了才知道，张汝舟非但不感激李清照勇于反抗礼教，反而隔几天就旁敲侧击地问：“爱妻啊，你收藏的那些古董字画，是不是很值钱，都藏在哪儿呢？放在你手里不稳妥，不如交给为夫保管吧。”

这种举世难求的古籍珍品，怎么能随便交给不识货的人呢？即便他是自己的丈夫。李清照可不懂什么“嫁鸡随鸡”。而且《金石录》还未编辑整理，这些古董又怎能随意处置。

一次两次还好，经过再三再四的拒绝后，张汝舟耐心消失，开始对李清照恶语相向，甚至拳脚相加。

李清照很快意识到，婚前这人的温柔体贴、志同道合完全是装的。他一开始就是冲着她身边这些珍玩来的！

可惜当时没有婚前协议，张汝舟以为李清照带着不少价值连城的宝贝。其实大多数藏品都已经在战乱中遗失了。仅存的那些，被她保护得很好，不让他夺走。

骗婚男张汝舟恼羞成怒，彻底露出真面目，开始家暴。那时候女人平均寿命都不长，他大概想着，李清照已近“晚年”，早点离世，遗产就能都归自己。

换成当时其他女子，大都会选择忍气吞声：自己年纪大了禁不起折腾，谁家没有点鸡毛蒜皮的事，忍忍就过去了。

虽然李清照这次嫁得仓促，但她并不糊涂，懂得及时止损，于是她立刻提出离婚。

张汝舟当然不会同意，并且沾沾自喜地威胁她：“官府不会管的！你再出去丢人现眼，小心我打死你！”

官府果然不管。古代的婚姻可不像小说里写的，随随便便就能和离，“一别两宽各生欢喜”。理论上，只有女方犯了“七出”之罪，比如不孝、无子、出轨，丈夫才能提休妻；又或是“义绝”，比如殴打对方的近亲属，此时不管双方意愿如何，官府都会强制判离。

而妻子仅因丈夫“打老婆”，就想要主动提出离婚，没门。

地方官深情劝慰，言辞不外乎“忍忍就好”“要守妇道”“名声要紧”……

李清照离婚之心坚决，当即改换思路，检举了张汝舟“妄增举数入官”——

也就是当年科举弄虚作假。地方官惊呆了。

“夫人您清醒点，虽然丈夫犯罪妻子可以离婚，但妻告夫，无论对错，都要坐牢两年的呀！就算把他告倒了，您以后的名声怎么办，谁还娶你呀？大才女坐牢，后人都要笑话你的呀！”

李清照不为所动，低头在诉状上按手印。

她这一辈子桀骜惯了，比起和一个市侩小人共度余生，她宁肯在监狱里消磨日子。

最后证据确凿，于是张汝舟被削去官职，流放外地，从此不知所踪。

李清照终于顺利离婚，然后从容去坐牢。

此时，半生积攒的名气终于起了点作用。她有个亲戚兼书粉叫綦崇礼，当时是翰林学士，他赶紧出面干涉求情。李清照最后只坐了九天牢，就得以重获自由。

当然，后世卫道士，尤其明清时的文人，对“才女二嫁”一事坚决不能接受，反复考证认为她并没有失身。这笔墨官司打了许久，但毋庸置疑的是，不管李清照嫁还是没嫁，都无损她在文坛历史上的声誉和才名。

不过，闹这一遭，李清照自己也身心俱疲。但她的生活意志并没有消沉，创作热情依然旺盛。

她为出使金国的使臣送行，写出了“欲将血泪寄山河，去洒东山一抔土”的豪迈诗句；她作《题八咏楼》，悲宋室之不振，慨江山之难守，格局上压倒众多须眉；她写完了《金石录后序》，并将赵明诚遗作《金石录》校勘整理，表进于朝，作为对亡夫最后的纪念。

她甚至写就了《打马图经》并《序》，虽语及游戏博弈之事，却以棋局比喻政局，借“打马”寓表心志；借古代名人豪赌的典故，表达自己篙目时艰，暗讽当权；借“老矣谁能志千里，但愿相将过淮水”之感，抒发渡江回乡的壮志。

然而，直到终老，李清照也没有机会重回故土。她在那个婉约精致的江南，走完了自己率性而绰约的一生。

FIVE
尾声

李清照最后一次出现在公众视野，还是因为一个姓孙的小女孩。

当时李清照已是暮年，亲友家里有个十来岁的小女孩，聪颖过人，天真机敏，让李清照想起了少年时期的自己。

无儿无女的李清照当即动了收徒之心，问她愿不愿意跟着自己学词赋，做她的传人。

谁知小姑娘虽是名门淑女，却一如李清照当年的叛逆，当即回敬：“才藻非女子事也！”

不管小孙姑娘是真心还是想偷懒，这句脱口而出的大道理，大概把李清照噎出一口老血，从此绝口不提此事。

小孩子的三观来源于父母。这话大抵是父母教的。旁人纵然称羡李清照的才情，但暗地里，焉知没有窃窃议论，说她不务正业，为了舞文弄墨而荒废妇德修养，因此才晚景凄凉。

果然，据说小孙姑娘的父亲得知此事后，很为自己的女儿自豪，亲手抄了几十篇古代女性的女德事迹，小姑娘“日夜诵服不废”，一点也不偷懒。

时过境迁，小孙姑娘嫁人生子，“奉事公婆姑嫂至孝至诚，抚养子女慈严并举”，安稳地度过了一生。陆游跟她家沾点远亲，应邀给她写了篇墓志铭，把她少女时代“拒绝易安居士”之壮举，作为她平生最光辉的成就，洋洋洒洒地写了出来。

这也是小孙姑娘留在历史上唯一的痕迹。

自一叶而知秋。大约直到被“后浪”不留情面地怼了这么一句，李清照才真正意识到，那个才女如云，无忧少女尽情嬉游、放歌饮酒，写遍闾巷荒淫之语的风雅时代，已经一去不复返了。

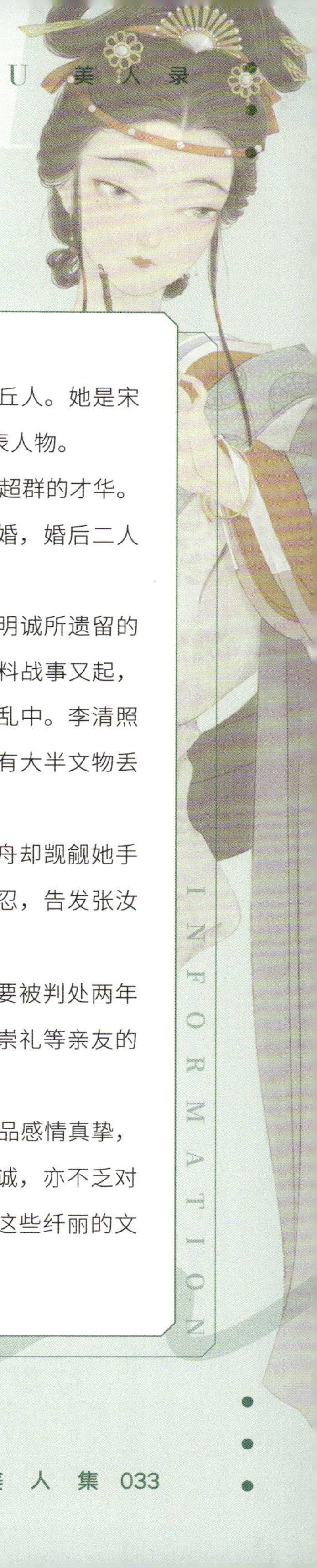

LI QING ZHAO 李清照

人物资料卡

李清照（1084 年－ 1155 年），号易安居士，齐州章丘人。她是宋朝公认的第一才女，词风婉丽，不拘于时，是婉约派的代表人物。

李清照出身书香门第，自幼聪颖，少女时期就表现出了超群的才华。公元 1101 年，十八岁的李清照在汴京与太学生赵明诚成婚，婚后二人情投意合，又都醉心于金石收藏。

靖康年间，金人大举南侵。当时国势日急，为保存赵明诚所遗留的文物书籍，李清照派人运送行李投奔身在洪州的亲人。不料战事又起，李清照在途中陷入乱军的包围，大量文物也遗失在此次战乱中。李清照只好携带少量轻便的书帖典籍仓皇南逃。颠沛流离中，又有大半文物丢失。

孤苦无依的李清照走投无路，只得再嫁张汝舟。张汝舟却觊觎她手中珍藏，几番讨要不得，竟对她拳脚相加。李清照忍无可忍，告发张汝舟营私舞弊、虚报举数骗取官职的罪行，与之离婚。

但宋代法律规定，妻子状告丈夫，不论缘由如何，都要被判处两年监禁。李清照刚逃出魔爪，又身陷囹圄，后经翰林学士綦崇礼等亲友的大力营救，才于关押九日后获释。

李清照是中国古典文学史上有崇高地位的才女，她的作品感情真挚，内容丰富，既有少女时期的纯情懵懂，又有婚后的缠绵真诚，亦不乏对国恨家仇的铿锵之音。她跌宕的人生、率真的性情伴随着这些纤丽的文字，与时光一同不朽。

INFORMATION

FASHION BEAUT
吴琼
深夜茶话会
Wu tong
洁癖十级
烹饪达人
爱王安石
待得明年重把酒。携手。那知无雨又无风。

吴琼家的深夜茶话会

SHEN YE CHA HUA HUI——纤纤月/文

夜深人静，万籁俱寂，当朝宰辅王安石和夫人吴琼都已进入了梦乡，就连家养的小白猫都睡得迷迷糊糊。但月光之下，一场特别的茶话会，正在王家宅院内悄悄上演……

主持人：吴琼家的大茶壶

大家都到齐了吗？小茶杯、小澡豆你们凑过来一点，今天我们要聊些要紧的事情。

不知道你们听说了没有，最近汴京城中，流传着一个天大的谣言。不知道是哪里钻出来一群好事者，他们看我家吴夫人这么爱干净，而王相公又有点不修边幅，就暗自揣测俩人的感情状况。眼下朝野上下都在传，说我们“琼石夫妇”不是真心相爱，只是一对“表面夫妻”。

他俩的感情怎么样？外人不知道，我们还不清楚吗？大家快来评评理，讲讲你们眼中的“琼石夫妇”，聊聊你们目睹的那些恩爱现场！

发言人：吴夫人的小木梳

我先说！“琼石夫妇”感情不好，那可纯属胡说八道，但那些人有一点没说错，这两个人的确一个有点小洁癖，一个却是大邋遢。月老竟将这两人的红线牵在一起，只能感叹缘分可真是妙不可言。

先说说吴琼精致仙女的那一面吧。有一次，精通女红的吴琼为家人做绸缎衣服，做完后随手把衣服放在提篮里。好巧不巧，仓库里捉老鼠的猫趁家人不备，偷偷溜进了卧室，在提篮里踩了好几脚，好看的衣服上立刻多了几道黑色的小梅花。这可把吴琼气坏了，她直接把篮子和衣服丢出门外，又派人把脏猫清洗一遍后赶回了仓库[①]。

与此形成鲜明对比的是邋遢鬼王安石。

熙宁年间，王安石和王珪同在相府。某一天上朝议事时，一只虱子大摇大摆地沿着王安石的衣领爬上他的胡须，满朝文武都憋红了脸，又尴尬又想笑，就连宋神宗赵顼也在看到后忍俊不禁，只有王安石浑然不觉。

退朝后，王珪赶紧追上王安石，将此事一五一十地告诉了好友。王安石听后十分尴尬，伸手想捉住胡须上的虱子，却被王珪拦住："这可是爬过宰相胡须，被皇上观览过的极品虱子，怎么能轻易去除呢？"王安石哈哈大笑，便也不甚在意了。

最近还发生了一件窘事，更是好笑。王安石在朝中的后辈吕惠卿看王安石面色发黑，出于对前辈的关心，在某天下朝后，委婉地塞给他一大包洗脸用的园荽。

王安石既没有生气，也没有接受，只是十分傲娇地说："我天生脸黑，园荽没有用！"可但凡他多洗洗脸，哪会像现在这么黑呀？

发言人：小獾仔的大澡盆

哈哈哈哈哈哈！我先笑为敬！

作为王安石的澡盆，在主人不爱洗澡这件事上，没有人比我更有发言权。

① 《萍洲可谈》：舒王吴夫人有洁疾，其意不独恐污己，亦恐污人。长女省之于江宁，夫人欣然裂绮縠制衣，将赠其甥，皆珍异也。忽有猫卧衣笥内，夫人即叱婢揭衣置浴室下，终不与人，竟腐败无敢收者。

王安石小名叫作“獾儿”，他简直人如其名，是十分可爱的小动物。可惜这只獾仔不爱洗澡，不然一定很好撸毛，就很气。

吴琼作为定期投喂獾仔的饲养员，每天下了不少工夫哄炸毛獾去洗澡呢！

发言人：王安石的旧床垫

可不是嘛！你们还记得藤床老弟吗？

当时王相公正在外地做官，衙门里有一张特别舒服的藤床，吴夫人很喜欢这张藤床，坐在上面和丈夫一起读书下棋几乎成了她的习惯。所以任期结束时，吴夫人就很希望丈夫能够买下藤床，把它一起带走。

但王安石为官清正，不愿因为一张藤床惹人非议。但他又不想和夫人吵架，遂灵机一动，故意把自己搞得满身泥水，一屁股坐在藤床上。

果不其然，吴夫人立即一脸嫌弃地走过来，抱怨道：“这藤床不能要了！”王安石才心满意足地笑了①。

发言人：吴充送的新衣服

为什么明明大家是在吐槽王相公的个人卫生，我却嗅到了糖的气息？

但也多亏王安石不修边幅，我才能来到这个大家庭，和你们一起谈天说地。

记得那是一个夏天，我的前主人吴充被王安石身上的气味熏得实在受不了，决心趁着他来自己家做客的机会帮帮他，二话不说，带上共同好友韩绛，架起灰头土脸的王安石，连哄带吓地把他塞进浴室，又把干净的衣物放在盥洗室，才安心地去洗澡。事了拂衣去，深藏功与名。

干干净净的王安石穿着我这身干净衣服，回到家后还对着夫人念念叨叨，

① 《萍洲可谈》：舒王吴夫人，好洁成癖，舒王至性坦率，每不相合。至江宁乞归私第，有官藤床假用未还，郡吏来索，左右莫敢言。舒王一见，跣足登床，偃卧良久。吴望见，即命送还。

抱怨朋友们“威逼利诱”他去洗澡的“悲惨经历”。

吴琼当时强忍笑意，满口答应要替他“讨回公道”，心里却不知有多感谢这两位同僚：终于有人能帮忙让王安石乖乖去洗澡了，执拗的炸毛獾我一人实在是应付不来！为了答谢这二位，吴夫人还十分豪爽地下了多次请帖，亲手烹饪了丰盛的大餐，来犒劳两位非常愿意透露姓名的好心人。

发言人：王安石的小筷子

珍藏视频我也有啊！我来给大家投喂一块名叫《人生乐在相知心.avi》的小甜饼。

王安石先生因为过于豪放不羁，常常闹出些无伤大雅的小笑话。从在赏花钓鱼宴上误食鱼饵，到吃完石莲后咬啮到手指，再到喝茶时把生茶放进杯子里，他是个不折不扣的“糙汉子”。

在家时王安石从不为俗事缠身，因为自有精致的夫人事无巨细地为他打点好一切。

吴琼是生活中的有心人。刚刚步入婚姻时，她发现丈夫的口味多变，时而食荤，时而吃素，并且每顿饭只挑一道菜下手。经过多日观察，吴夫人得出了一个重要结论：“王介甫连吃饭时都在不停地思考，只顾得上吃最近的一盘菜。”

为了让王安石吃得营养均衡、荤素搭配，吴夫人会精心做一个大杂烩摆盘，并把摆盘放在王安石面前的位置，以便丈夫吃到这顿饭的每一道菜。

虽然王安石是一个吃饭时头也不抬的合格“干饭人”，但是他在饭后也会对夫人的手艺大吹大擂。一日两人三餐，就是生活中的小确幸，每天夫妇二人心里都暖洋洋、热乎乎的。

某一次有位客人和吴夫人探讨“王安石饲养秘籍”，说王介甫特别喜欢吃鹿肉，上次吃饭瞅准了这一盘菜夹。吴夫人一听就明白是怎么回事，玩心大起想要整蛊丈夫，于是和客人说：“鹿肉是不是离他最近的那盘菜呀？下次换一道菜放在他正前面吧！”

又过了一段时间，客人拜访时惊讶地说：“这次我们把鹿肉换了一个地方，介甫竟然看都不看一眼。”吴琼不紧不慢地揭开谜底：“介甫从来不挑食，只吃面前最近的那一盘菜。”宾客们恍然大悟，纷纷朝吴琼竖起大拇指，“原来如此，吴夫人有一双慧眼啊！”

吴琼就是这般集美丽和才华于一身的女子，她温柔体贴，活泼俏皮，试问这样的女子谁人不爱？

发言人：司马光送的古籍

王安石是出了名的爱读书，思考时眼睛炯炯有神，人人夸赞他“目睛如龙”。听我的前主人“抱怨”，思考中的介甫只能接收到来自吴夫人的信号，把他们这些朋友发送的消息统统屏蔽掉。

后来据我观察发现，王吴夫妇十分般配，都是嗜书如命之人，一旦走入书中的世界，便无暇顾及其他。

某一次看文艺汇演时，吴夫人神游天外，心不在焉，时而蹙眉，时而叹气，别人放声大笑时她依旧一脸严肃。大家一致认为，表演不够精彩绝伦，不合吴夫人心意；又暗暗叹服，吴夫人审美水平出众，凡俗之物入不了眼。

到了剧情最紧张激烈的时刻，别人都眉头紧锁，为主人公担忧时，吴夫人在桌子上用茶水貌似随意地画了几笔，拉了拉王安石的袖子示意他来看。王安石看过后突然拊掌大笑、高声叫好，顿时成了观众目光的焦点。

吴夫人有些不好意思，以帕掩面轻声解释道：“介甫前几日与我谈论一个问题，当时我们苦思冥想都没找到答案。今日我灵光乍现，在桌上记下思路，让介甫品评一番。没承想惊扰到大家，真是深感抱歉。”王安石十分赧然，愧疚不已地挠挠头，“夫人的解释实在太精妙了，我才不由自主地鼓掌叫好。”

世界上大概只有吴夫人和王介甫的对讲机可以随时随地互相联系吧，哈哈哈。

发言人：吴才女的小毛笔

虽然琼石凑在一起，经常是爆笑的情景喜剧，但他们之间也常有浪漫时刻。

王安石的书法自成一派风流，但他在押字写“石”时，下半部分的“口”字总是画不圆，而吴夫人写得一手俊逸好字。

午间小憩后二人泼墨挥毫，王安石写了几大张宣纸也没写出满意的名字，站在一旁的吴琼轻轻握住丈夫持笔的手，一笔一画地写着一横一撇，然后一气呵成地画了一个圈。圆润的圈圈让王安石啧啧称赞。他拿着写好自己名字的宣纸细细欣赏：“夫人的字潇洒得一如既往。”

这一对是真正的灵魂伴侣，因为有浪漫而柔情的吴夫人在，钢铁直男王安石也能变成“暖男”。

发言人：吴美人的小茶杯

让我骄傲地叉会儿腰，我的主人吴夫人真的很有生活情调。这段《待得明年重把酒 .avi》就是最好的证据。

春光明媚，春花开得正绚烂，细心的吴琼正为园子里的花花草草锄土浇水。植物杀手王安石被勒令不准动手，只能乖乖巧巧地蹲在路旁，一会儿接过锄头，一会儿递上洒水壶。

等吴琼忙完园艺后，王安石拿着所有工具，像小尾巴一样跟在夫人身后。吴琼早已将美丽的花记在脑海，回到书房后将春日里生机勃勃的花草一一摹入画册。

春风不识字，偶尔乱翻书，翻到这本优雅的画册，默默添上一抹花香。

天气燥热时，吴琼想去看看炎炎夏日里西池边上的荷花与荷叶，而王安石只想一个人静静地待在屋子里看书、习字、乘凉。她向王安石列出游玩的种种好处，但固执的丈夫依旧不为所动。

无计可施的吴琼只好使出撒手锏，打着节拍轻声吟唱自己刚填好的《定风波》一词："待得明年重把酒。携手。那知无雨又无风[①]。"如此难得的好天气，不出去游玩太可惜。王安石沉吟许久，表示自己被夫人说服了。两人在蝉鸣里缓步香茵，看流水中摇曳的荷。

待到秋日，夜幕降临，清风徐徐，圆月初上柳梢头，桂香也氤氲再夜色中。"西风昨夜过园林，吹落黄花遍地金。"金色花瓣静悄悄地落了满园，介甫夫妇二人并肩站在床边的案几前，听风看花赏月吟诗。

吴琼轻轻抬手用狼毫饱蘸浓墨，在空白的宣纸上写下"虫二"两个字，然后回身望向夜光笼罩下的丈夫。王安石稍加思索，随即莞尔一笑说："虫二即为无边的风月，形容此时此刻再恰当不过。"

有关冬日的诗中，吴琼最喜欢白居易的"绿蚁新醅酒，红泥小火炉"这句。快要下雪的傍晚，天空都泛着淡淡的橘红色。吴琼披着一袭雪白的长衫，端坐在案几前洗茶、烹茶、品茶，再倒进一一对应的茶盅里，递给正在捧书诵读的丈夫。

吴琼用寥寥几笔在自己的茶杯中勾勒一幅幅趣画，有时是数枝梅，有时是一丛花，有时是几抹云。口渴的王安石接过茶盅后昂头一饮而尽，吴琼无奈地摇摇头，一边感慨粗糙的丈夫从不精致，一边给丈夫添满一杯晾凉的茶水。

王安石饮尽一杯又一杯的清茶，时不时抬头望向夫人举杯致意，而吴夫人此时也会与丈夫举杯齐眉。

一双人相依相伴，便是人间好时节。吴琼姐姐真如神仙，生活有品位，爱好有情调。我真想成为王安石，拥有全世界最好的吴琼姐姐！

① 梁启超《王安石传》：公夫人吴氏，封吴国夫人，工文学，尝有小词，约诸亲游西池句云："待得明年重把酒、携手，那知无雨又无风。"一时传诵之。

发言人：王介甫的小砚台

我想，夫人会爱上我的主人也不是没有道理的，毕竟王介甫的人格魅力闪闪发光！

王安石以执拗闻名朝野，人送绰号“拗相公”。“天变不足畏，祖宗不足法，人言不足恤”的铿锵话语虽非王相公亲口所言，但一直是熙宁变法最闪亮的名片。

有人送来“呵之得水”的上等砚台，王相公乐呵呵地拒绝道：“一担水也不值几个钱。”也有人赠送紫团山人参给王相公，宣传功效时说能治疗顽固性哮喘，但饱受咳喘困扰的王相公还是坚决推辞不接受：“平生没吃过人参，也好好活到今日”，更何况夫人平日把他照顾得很好呢！

新法实施过程中，变法派受到无数质疑和否定，但王相公“富国强兵”的初心始终不改。吴琼夫人一如既往地坚决支持变法举措：“我虽不知朝堂纷争，却明白‘青苗钱’能解农户燃眉之急。昔日在鄞县，青黄不接之际，‘青苗钱’可谓‘及时雨’。”

王相公深以为然，日复一日地草拟方案。我看到王相公时常出神，如今这些利国利民的举措遭受质疑，他蹙着眉头深深叹气，虽依旧笃信“天变与人无关”，但凭一己之力堵不住悠悠众口。他心力交瘁，决定罢相归隐。

“谁似浮云知进退，才成霖雨便归山。”

狂风骤雨无情地吹打枯黄的芭蕉叶。吴琼站在檐下，听到丈夫以浮云自况，也为她的悲情英雄而悲：“介甫想多做一些事，只可惜天不遂人愿。”她走到衣衫尽湿的丈夫身后，默默为他披上一件外袍。

归隐金陵后，王安石夫妇过上了恬淡惬意的退休生活。

插秧时节，王相公会坐在田垄上，时不时为耕作的邻居搭把手。有人请汗如雨下的他到树荫下乘凉，他却总是笑着摆手说：“若是来世为牛，则在地中耘田。”

等天气晴好时，吴琼夫人一定会喊上笔耕不辍的丈夫去晒书。他们一起轻轻铺展开书册，院中满是油墨香。

对于嗜好读书藏书的两人而言，晒书是一项浩大的工程，不一会儿他们就汗流浃背、气喘吁吁。王相公撑开青罗伞，为夫人挡去大半阳光。两人不说话，静静地站着，岁月已是安然静好。

其实，我一直觉得，王相公和吴夫人不仅是权威宰相和名媛贵妇，更是一对有着坚定人生理想的伉俪，他们并肩同行，在起伏的人生道路上共同沐浴阳光，一起面对风雨。

发言人：吴琼的小发簪子

谣传吴夫人和王相公关系不好的人，一定不知道这二位一直是一夫一妻制的忠实拥护者，他们坚信一生一世一双人足矣。士大夫们纳美妾、蓄舞姬，甚至引以为风流韵事，吴琼姐姐却非常排斥这种朝三暮四的行为，她奉行“君若无情我便休”的原则。

王安石十分尊重自己的夫人，他对爱情忠贞不渝，甚至有点“惧内”。一次聚会时，大名鼎鼎的包青天“黑”着一张脸，劝各位同僚饮酒，众人纷纷举杯应和，不善饮酒的司马光勉强喝了一杯，只有王安石依旧吃肉吃菜不为所动。

包公一手揽着王安石的肩膀，一手在他的杯子中斟满美酒，乐呵呵地劝道：“介甫也饮一杯。”王安石连连推却：“在下一向不善饮酒，加之拙荆厌恶酒味，恕难从命，万望见谅。”

此后“王介甫为爱戒酒”的江湖传说散布到汴京各个角落，夫人们纷纷登门拜访吴琼，想要讨教管束丈夫的“独门绝技”。

在金陵与朋友小聚时，王安石挥毫写下：“当初谩留华表语，而今误我秦楼约”，一句“秦楼约”引人无数绮思。

吴琼听完丈夫这曲风靡金陵的《千秋岁引》，笑着替丈夫解释道：“介甫是用香草美人的典故比兴罢了。”

互相包容，互相信任，互相珍惜，这就是他们之间的爱情。

主持人：吴琼家的大茶壶

感谢大家的精彩分享，天马上就要亮了，我们的茶话会也将告一段落，但“琼石夫妇”的爱情故事不会终结，让我们继续期待更多的浪漫剧情，祝愿王安石和吴琼夫妇永远幸福下去！

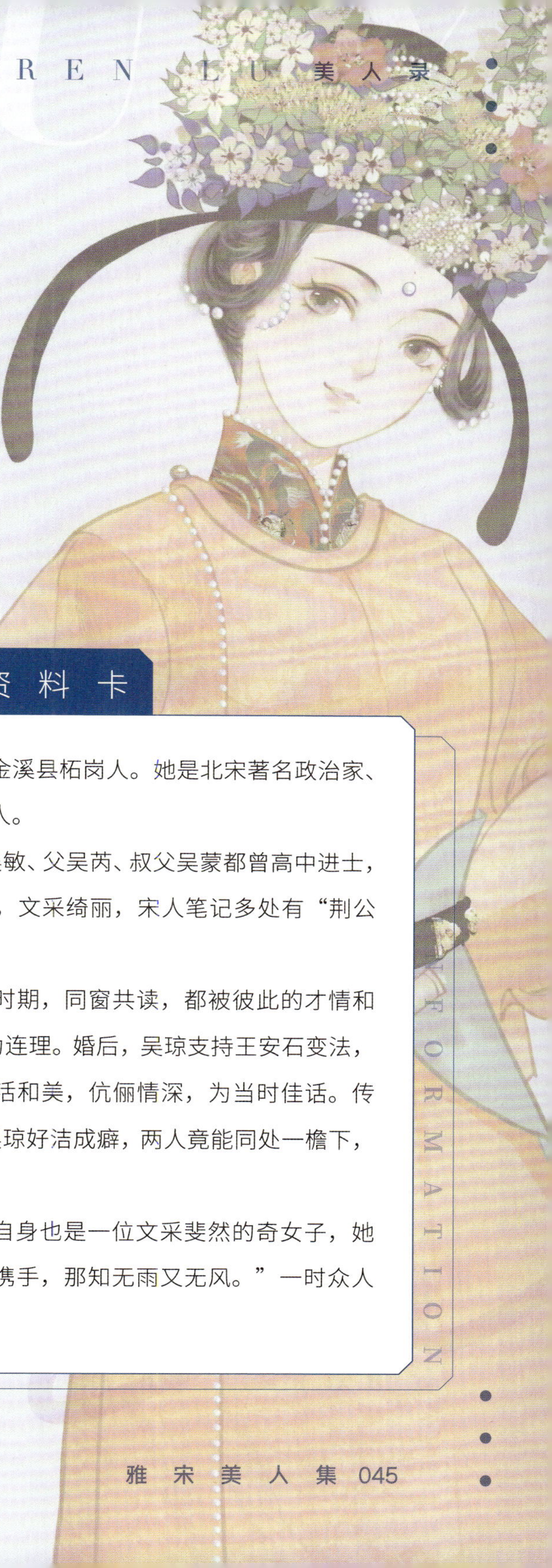

WU QIONG 吴琼

人物资料卡

吴琼（1024—？），北宋江西金溪县柘岗人。她是北宋著名政治家、文学家王安石的妻子，后封荆国夫人。

吴琼出身仕宦之家，她的祖父吴敏、父吴芮、叔父吴蒙都曾高中进士，浸染在书卷香气中的吴琼自幼聪慧，文采绮丽，宋人笔记多处有“荆公妻吴夫人最能文”的记载。

吴琼与王安石是表兄妹，少年时期，同窗共读，都被彼此的才情和见识所吸引，两人情投意合，后结为连理。婚后，吴琼支持王安石变法，随他几番起落，情谊不改。二人生活和美，伉俪情深，为当时佳话。传言王安石至性坦率，不拘小节，而吴琼好洁成癖，两人竟能同处一檐下，举案齐眉，也成为宋时的趣谈。

除了宰相夫人这一身份，吴琼自身也是一位文采斐然的奇女子，她曾挥毫写下：“待得明年重把酒、携手，那知无雨又无风。”一时众人传诵之。

FASHION BEAUTY

魏玩

大宋一品夫人的社交圈

Wei wan

遇人不淑

但姐自强

宴会女王

绿杨堤下路，早晚溪边去。三见柳绵飞，离人犹未归。

魏玩

大宋一品夫人的社交圈

YI PIN FU REN

南方赤火——文

宋朝是才女辈出的时代。日渐锁紧的封建伦理枷锁，锁不住花花世界中那喷薄欲出的灵气。在闺阁里、花轿里、幽深的庭院里，乃至颠沛流离的战乱中，都能听到她们的婉转吟哦之声。

她们还有不输于须眉的见识和气魄。李清照的一句“生当作人杰，死亦为鬼雄”，荡气回肠一千年，让后人震撼于这个纤弱的朝代所蕴含的铿锵风骨。李清照因而成为终宋一代的才女代表，课本里她的词作脍炙人口，人人都能吟上两句。

但鲜为人知的是，和李清照同时期的还有一位魏夫人。

依照理学大师朱熹的评论：“本朝妇人能文者，惟魏夫人、李易安二人而已。”——才气和李清照齐名的魏夫人，如今却湮没史籍，少有人知。其中原因，令人扼腕。

名门才女

WEI WAN

魏夫人名魏玩。之所以称为夫人，是因为她嫁得好。

她出身于襄阳地方的世家，自幼博览群书，与兄弟们诗文唱和时毫不逊色。十七岁，一顶花轿，载着她从襄阳远赴江西，嫁与同样是世家子弟的曾布。

这个曾布在历史书上的名头不太响亮，但他有个哥哥曾巩，位列唐宋八大家之一，可谓人尽皆知。

曾布的文才虽不如其兄，但官做得比哥哥大，一直做到北宋宰相。作为他的妻子，魏玩自然也得到了风光的诰命，初封瀛国夫人，后封鲁国夫人，实现了当时女子的最高成就：夫贵妻荣。

当然，在她出嫁之时，曾布还是一介白身布衣。虽然家族结交甚广，但因父亲去世，家境已然衰败。哥哥曾巩挑起一家重担，一边照顾弟妹，一边维持生计，一边刻苦读书……

魏玩嫁入这样的家庭，自然而然地承担起了做媳妇的责任。这位昔日的名门闺秀告别了肆意诗文的少女时光，把全部精力放在了照顾家庭上，为一心求取功名的丈夫扫除后顾之忧。

才子才女的结合，带来了一段柔情蜜意的新婚宴尔时光，也让她留下了一些清新旖旎的作品。但这段日子没持续多久，曾布启程，和哥哥一起进京赶考去了。

嘉祐二年，在由欧阳修主持的那届科举中，曾布和曾巩及四位兄弟妹夫一齐高中。同届上榜的有苏东坡及其弟弟，有程朱理学创始人之一程颢，以及“为天地立心，为生民立命，为往圣继绝学，为万世开太平”的张载……

可谓史上最牛的一届科举考试。

从此“南丰七曾”名扬天下，成为永远的神话。

留在江西家乡的魏玩，接到远道而来的喜报，笑靥如花。

丈夫金榜题名，她这个做妻子的，也约等于实现了最高的人生理想。

为了准备考试，曾布一去三年，期间对独守空房的魏玩可以说是不闻不问。魏玩贤惠又善解人意，知道科举考试是读书人的头等大事，不能为儿女情长而分心。

而如今，一切付出都得到了回报，她等着丈夫接她去京城，和他一同上任，继续夫唱妇随的甜蜜时光。

可是曾布没回来。

甚至没有派一个人来接她。

他沉醉于繁华京城的纸醉金迷，流连烟花柳巷，好不快活，过上了风流才子的逍遥日子。金榜题名之后，更是春风得意马蹄疾，各路奉承应酬纷至沓来，曾布哪里还记得家里那个德才兼备的原配夫人。

魏玩将思念之情寄托于诗词间，默默在两人昔日宴游恩爱的花园里徘徊，看到溪水中的鸳鸯，想起形单影只的自己。

溪山掩映斜阳里。楼台影动鸳鸯起。隔岸两三家。出墙红杏花。

绿杨堤下路。早晚溪边去。三见柳绵飞。离人犹未归。

当然，魏玩虽然写了“出墙红杏花”这样的句子，但肯定不是自述出墙。她恪守封建礼教，一生洁身自好。这句话很可能是在提醒丈夫，换成别人家媳妇，这么独守空房早就出墙啦。

更或许，是对远在京城的曾布喊话：“我在等你，你在做什么？”

隔岸相思

WEI WAN

曾布在忙着赴任。他的仕途比哥哥曾巩顺利得多。

经王安石、韩维等人推荐，他得到了神宗皇帝的赏识，在官场上平步青云，从参军、县令升为太子中允、崇政殿说书，“凡三日，五受敕告”，成为皇帝身边的红人。他依附王安石，成为变法派的得力干将。

但是，曾布善于钻营投机，在政治上反复无常，不久就与王安石生出龃龉，被贬谪出京。直到近二十年后，宋神宗去世，保守派掌权，曾布才再次回京，但依旧遭到忌惮排挤。

关于曾布还有个传说。宋哲宗年间，苏轼从翰林侍读学士外调到中山府时，曾经想将门人高俅送给曾布，但是曾布没要。苏轼就把高俅送给了哲宗皇帝的妹夫王诜。

高俅后来通过这个门路搭上了当时还是闲散王爷的宋徽宗，迈出了千古奸臣的第一步。

如果当时曾布接受了高俅，大宋的历史都有可能要改写。

但就算没有高俅，曾布也是个立志要改写历史的人。

曾布的仕途起起落落，不断变换做官地点。在宋代做官，带个家属很正常。但曾布总是以各种理由推脱，拒绝带魏玩一同上任。

魏玩只能留在江西夫家，终日面对一个错综复杂的陌生大家族，没有娘家的撑腰，也见不到昔日的伙伴，只能与纸笔为伴，度过一个又一个漫漫长夜。

她和薄幸的丈夫聚少离多，也不知他在外到底是颠沛流离，还是潇洒快活。

她终于意识到，自己托付终身的并非良人。可是在那个时代和社会里，她除了默默忍受孤寂，别无选择。

记得来时春未暮，执手攀花，袖染花梢露。暗卜春心共花语，争寻双朵争先去。
多情因甚相辜负，轻拆轻离，欲向谁分诉。泪湿海棠花枝处，东君空把奴分付。

她追忆新婚燕尔时的烂漫时光，隔空哀怨自己的大好韶华被这个不把她放在心里的男人辜负了。

漫长的等待里，点缀着难得的欢欣。宋神宗熙宁年间，曾布调任潭州时路过洪州，此时正好哥哥曾巩任职于洪州，而弟弟曾肇来洪州探亲。

三兄弟都是进士，今日难得聚会，魏玩也终于等到了罕有的家庭团聚。她抛开闺怨和别离之情，欣喜地题写一联："金马并游三学士，朱幡相对两诸侯。"这段故事一时传为佳话。

但是，短暂的相聚过后，又是难熬的分别。

曾布也许没那么爱她，但在她那一方小小的温柔世界里，曾布就是全世界。

波上清风，画船明月人归后。渐消残酒，独自凭阑久。

聚散匆匆，此恨年年有。重回首，淡烟疏柳，隐隐芜城漏。

某次离别，她在月夜下送别丈夫后，又回到了熟悉的一人世界。清风、明月、淡烟、疏柳、波浪，这些优美的意境，衬托出一个忧愁而迷茫的女人。

如此良辰美景终是虚设。更鼓隐隐敲响，凭栏的魏夫人不舍离去，时间如同奔逝的流水，从她身边匆匆掠过。

作为一个恪守封建礼节的官夫人，魏玩的诗词多是含蓄而清秀的。

她不敢像李清照那样“和羞走，倚门回首，却把青梅嗅”，也写不出朱淑真的“娇痴不怕人猜，和衣睡倒人怀”。她所能写出的最露骨的相思，也不过是一个简简单单的“恨”字。

灯花耿耿漏迟迟。人别后、夜凉时。西风潇洒梦初回。谁念我，就单枕，皱双眉。

锦屏绣幌与秋期。肠欲断、泪偷垂。月明还到小窗西。我恨你，我忆你，你争知。

又恨他，又想他。寥寥几个字，传神地概括了万千女子心中那些色彩各异的爱情。

最后，爱恨交织的情绪逐渐褪了色，爱没了，只剩怨。

别郎容易见郎难。几何般。懒临鸾。憔悴容仪，陡觉缕衣宽。门外红梅将谢也，谁信道、不曾看。

晓妆楼上望长安。怯轻寒。莫凭阑。嫌怕东风，吹恨上眉端。为报归期须及早，休误妾、一春闲。

但直到此时，魏玩还是在努力扮演一个本分妻子的角色，做那个丈夫背后的小女人。

她也许听说了曾布仕途的起起落落，排挤了谁，招怨了谁，又为了自己的利益，使了什么不光彩的手段。

换成一个胸怀大志的贤妇，可能会劝谏丈夫立身要正，莫要为了一时利益，搭上身后之名。但魏玩从小所受的教育中没有这个选项。她默默支持着曾布的一切，为他喜而喜，为他悲而悲，不过问他的事业和交际，只等他明白自己的心意。

不是无心惜落花。落花无意恋春华。昨日盈盈枝上笑。谁道。今朝吹去落谁家。把酒临风千种恨。难问。梦回云散见无涯。妙舞清歌谁是主。回顾。高城不见夕阳斜。

机会终于到来。宋徽宗即位，曾布因为拥立有功，成为宰相，位极人臣。

魏玩成为宰相夫人，终于被接入京城，成为偌大一个宰相府的女主人。她伫立在空旷宽广的厅堂之中，看着镜子里不再年轻的容颜，百感交集。

曾布已经领略了半生繁华。他交际圈中的人她大多不认识，他偶尔说起汴梁时兴的歌舞花酒，她一脸蒙。

在她心里，曾布依旧是那个策马扬鞭、意气风发的少年郎，是那个豪言壮语“不中举不还家”，让她怦然心动的宁馨儿。

望着眼前这个满脸白胡子，眼中充满算计和狡猾的一品大官，她觉得有点陌生。

这不是她梦中的人。

但魏玩顺从地接受了丈夫现在的形象。她是他的妻子，这辈子命该如此，和这世上万千女子一样。丈夫不管变成什么样，永远是她的天。

她觉得自己应该高兴。蹉跎半生，也许，如今终于等到安定的时光？

雅集岁月

WEI WAN

她的生活并没有因此而快乐充实。爱情已消磨殆尽，曾布和她已是貌合神离。这个习惯在浊世中打拼的政客，已然忘记了新婚时那种浪漫多姿的日子是什么颜色。

曾布虽然也留下过几篇不错的诗词，但性格使然，他喜欢投机钻营甚于吟风弄月。在京城的日子里，他忙着巩固权力，忙着和蔡京斗法，忙着在名利场中更上一层楼。

他有才情，但这才情只在朝堂上崭露锋芒；他也体贴，但这份体贴只留给上官和皇帝；他也会甜言蜜语，但这些甜言蜜语从来都是说给男人听，成为溜须拍马的范本。

他是做大事的男人，是要名垂青史的士大夫，怎么能把自己放到和一个女人同等的位置上，同她互诉衷情呢？

曾布已经失去这种能力了。

而做了宰相夫人的魏玩，日日过着和丈夫朝夕相处的异地恋生活，也终于觉得真心错付，想要给自己找点事做。

她结识了同样婚姻不幸的才女朱淑真，邀请她来府里游玩。朱淑真嫁得不好，丈夫是个俗吏，在吴越荆楚间辗转做官，对她这个才女老婆不屑一顾，嫌她矫情。

两个同病相怜的女人迅速结为好友。这一次上京，朱淑真可谓大开眼界，在魏夫人的带领下，她遍览繁华绮梦，看到了婚姻以外的世界。

和朱淑真同为魏玩座上宾的，也许还有其他小有名气的才女夫人。她们曲水流觞，盛筵欢笑，吟诗填词，切磋文字，歌舞助兴。宰相府的后花园里，时常充满矜持而惬意的笑声。

然而，一个失意的女子，无法被这些虚假的热闹所安慰。一群失意的女子聚在一起，欢笑过后，也只能更添孤寂。

夜色落幕，月光点点。朱淑真在客房里卸掉钗环，洗净面孔，回忆白日里的欢笑，心中反而更空。

她写道：

占尽京华第一春，清歌妙舞实超群。只愁到晓人星散，化作巫山一段云。

与此同时，独守空房的魏夫人，在做了一天左右逢源的女主人以后，同样感觉到一阵熟悉的空虚。

她们这些充满才情的女子，谁不能理解谁的苦呢？都是被负心人伤过的灵魂，抱在一起又如何取暖？

更可悲的是，随着魏玩交游愈广，虽然所邀之客都是女流，但也有风言风语平白传来，说这些女子雅集，又是喝酒又是吟诗，心都玩野了，实在有伤风化。

换成李清照，也许会对这些传言不屑一顾：她有一位志同道合的文青丈夫，说不定还经常和才女们一起参加雅集派对呢。

但魏玩做不到这么洒脱。她是宰相夫人，她的丈夫在意流言，在意家庭的颜面。他的妻子最好是个泥塑木雕的美人，永远摆在厅堂里，做一个人人称羡的吉祥物。

在那个时代，女人，即便是高居尊位的一品夫人，所享有的自由，也实在少得可怜。

雪上加霜

WEI WAN

魏玩的整个青春时代，和丈夫聚少离多，也没有留下一男半女的记载。人到中年，为了排遣寂寞，她收养了一个女孩。

她觉得，这个孩子也许能给她带来久违的家庭温暖。

在无数被封建伦理桎梏的家庭里，女人作为持家的工具，得不到丈夫的欣赏和关爱，也无法实现事业上的自我价值。她们通常将全部精力放在抚养下一代上，从那些鲜活天真的面孔中得到青春的慰藉。

魏玩想走的，也是同一条路。丈夫与她不同心，这个她一手教养大的小女孩，总会贴心一些吧？

女孩姓张，是过去曾布在地方做官时的一个下属的女儿。张氏早早失去母亲，又十分聪慧。魏玩一见她就十分喜欢，将她收为义女，带在身边教导。后来曾布做宰相，把魏玩接到京师汴梁，这个小女孩也就一并带了来。

魏玩对她亦师亦母，将胸中才学倾囊相授，张氏也十分领情，琴棋书画、诗词歌赋，都学得很快，文辞见识也十分出众。随着年龄渐长，张氏更是出落得亭亭玉立，让魏玩宛若看到了年轻的自己。

由于文采斐然，张氏被选入宫中，在内廷做了女官。虽然没有嫔妃的名分，但也颇受重用。

也许从一开始，曾布就打算将这个养女作为一颗棋子，一架向上爬的梯子，借她的身份探听内廷消息，结交宫中人物。因此他刻意接近张氏，和她日渐热络，直到……

生出了不该属于养父养女之间的情愫。

史料不会详细记载这些八卦，我们也无从得知，当魏玩获悉了曾布和张氏之间不清不楚的关系时，是何等心境，是绝望还是怨恨，抑或是心如死灰……

她做曾布的妻子做了几十年，早就熟悉了他的秉性。从当年进京赶考开始，他就树立了风流倜傥的人设，瓦舍、青楼、茶馆，能去的地方都去潇洒快活过，从来不避讳自己在花丛流连的事实。

魏玩以为，自己早就习惯了这样感情不忠的丈夫。但当曾布和她一手养大的小女孩暧昧后，她的底线还是一步步碎裂。

一个是自己的丈夫，一个是自己的养女。曾布丝毫不顾及她的感受，甚至有种“冲破世俗偏见”的壮烈感，觉得自己可了不起了。

等到张氏出宫，他干脆堂而皇之地带着她出双入对。反正当时的士大夫大多风雅，别人的“风流韵事”未必比他的少。大伙雅集酒楼茶舍时，身边都是偎红倚翠，没有带原配煞风景的。

魏玩听到传言，自然是气坏了。如果回到新婚之时，她可能还会发发小脾气，写几首诗词哀怨一下，试图挽回丈夫的心。但现在，她已经年老色衰，所有棱角都已磨平，连提笔的力气都没有了。

而张氏，我们无从推测她的内心。但想来一个幼年失恃的女孩，尽管被宰相夫人收养，但大户人家是非多，她又无亲人在侧支持，不免会有寄人篱下的感觉。而大她几十岁的“养父”是当朝宰相，是一家之主，是说一不二的大人物。当曾布向她表露不轨之意时，她又有何勇气拒绝呢？

惧怕、胆怯，混合着踏入富贵之门的诱惑，张氏接受了这段不伦之恋，成为曾布无数猎物之一，往养母魏夫人的心上狠狠插了最后一刀。

多年累积的怨愤如潮水般涌来，魏玩终日郁郁，一病不起，不久撒手人寰。

她死后，养女张氏前来吊唁，用她教的诗词格律写下挽诗一首：

香散帘幕寂，尘生翰墨闲。空传三壶誉，无复内朝班。

这首诗的格律文采都不错，但张氏对魏夫人的深切感情却看不太出，似乎也没有太悲伤。

这个让魏玩寄托了全部情感的小女孩，这个她寄予了厚重希望的传人，终究被她的丈夫毁掉，成为一个平庸而尖刻的情人。

张氏的结局，历史无记载，但可以推测她的命运并不好。她依附曾布，而曾布只当了两年的宰相，在与奸臣蔡京的斗法中失败，再次被贬，官职一降再降，最后在失意落魄中去世，终年七十二岁。

一朝繁华散尽。不知他和自己那终生浸透在思念中的发妻聚首之时，会不会依旧形同陌路。

尾声

WEI WAN

有人说，把爱情看得太重的女人不幸福。魏玩为渣男耽误了才气，蹉跎了一生，实在是傻。

但我想，魏玩是不甘心这样度过一生的。人的天性追求爱和自由，她的文字灵动有力，藐视世间的庸常灵魂。

然而她的一生被伦理纲常所束缚，她没有机会真正进入她笔下那个风光旖旎的世界。

也许她想过反抗，也许她也曾听闻历史上那些风流才女的事迹。但和她们不一样，魏玩是朝廷诰封的一品夫人，多次因贤良淑德受到褒奖。这些名誉像沉重的牌坊，压碎了她的意志，挡住了她迈向广阔世界的步伐。

在这样的社会环境里，她无法反抗，无法离婚，无法率性而为，把男人抛在脚下，自己去率性天涯。

她顺着前辈们铺好的伦常之路，活成了一个完美的魏夫人。

魏玩是不幸的，是封建社会的牺牲品。

从某种意义上讲，她又是幸运的。她生活在北宋文化最昌盛的神宗、哲宗、徽宗三朝，她体验过汴梁繁华，她接触过最精致素雅的盛世文化。她的所有忧愁来源于渣男的伤害——对此后那些活在血泪中的万千女人们而言，这是多么微不足道的烦恼啊。

北宋王朝，正如汝窑里烧制出的完美无瑕的青瓷一般，脆弱而美好，独一无二。

曾布死后二十年，公元 1127 年，靖康之变撕裂了盛世绮梦。一夜之间，从贵族到百姓，无数女人从温室被抛进冰窟，多少鲜活的生命戛然而止。剩下的人，被迫目睹鲜血和死亡，被迫忍受敌国异族的奴役。

魏玩死在这件瓷器碎裂的前夕。

也许，这就是命运留给她的最后一抹温柔。

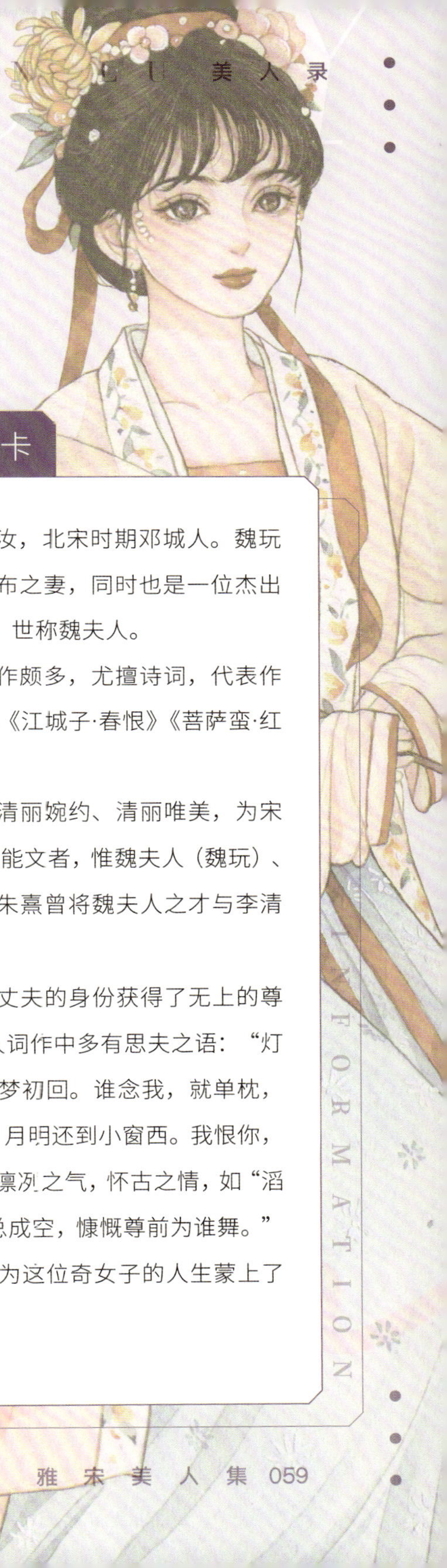

魏玩

WEI WAN

人物资料卡

魏玩（生卒年不详），字玉如，一作玉汝，北宋时期邓城人。魏玩出身世家，是诗论家魏泰之姊，北宋宰相曾布之妻，同时也是一位杰出的女词人。她初封瀛国夫人，后封鲁国夫人，世称魏夫人。

魏玩自幼博览群书，才思敏捷，一生著作颇多，尤擅诗词，代表作品有《点绛唇·波上清风》《卷珠帘·记得来时》《江城子·春恨》《菩萨蛮·红楼斜倚》等。

她的诗作出语不凡、豪放豁达；词作则清丽婉约、清丽唯美，为宋人所称道。理学大师朱熹曾评论："本朝妇人能文者，惟魏夫人（魏玩）、李易安（李清照）二人而已。"由此可见，朱熹曾将魏夫人之才与李清照相提并论。

但魏玩的一生却是悲剧的一生，她虽因丈夫的身份获得了无上的尊荣，却半生寂寞，夫妻聚少离多。因此魏夫人词作中多有思夫之语："灯花耿耿漏迟迟。人别后，夜凉时。西风潇洒梦初回。谁念我，就单枕，皱双眉。锦屏绣幌与秋期。肠欲断，泪偷垂。月明还到小窗西。我恨你，我忆你，你怎知。"同时，她的作品中也不乏凛冽之气，怀古之情，如"滔滔逝水流今古，楚汉兴亡两丘土。当年遗事总成空，慷慨尊前为谁舞。"可叹位极人臣的曾布对爱人也并不忠贞，又为这位奇女子的人生蒙上了一层苍凉的色彩。

INFORMATION

凌波不过横塘路，但目送、芳尘去。锦瑟华年谁与度？月桥花院，琐窗朱户，只有春知处。

飞云冉冉蘅皋暮，彩笔新题断肠句。试问闲情都几许？一川烟草，满城风絮，梅子黄时雨。

——贺铸《青玉案》

风俗记 FENGSUJI

醒时观花，醉望江山

FASHION BEAUTY

独家揭秘，易安居士平日最喜欢喝哪个牌子的酒？素人踢馆《千里江山图》，听说宋徽宗也来替自家门生撑场面？欲知详情，且往下看。

那些年，李清照喝过的酒

南方赤火/文

才女李清照不仅是知名词人，更是宋代知名酒客。在她的词赋小令中，时常出现各种娇憨可掬的醉态。比如“沉醉不知归路”，再如“东篱把酒黄昏后”，又如“酒阑歌罢玉尊空”……

我们不禁要问，李清照每天喝的都是什么酒呢？

宋代酒类繁多，才女酒桌上的选择其实很多，让人眼花缭乱。

有时候她喝的是度数低的浊酒——绿酒。因为在发酵的过程中，古人并没有过滤出酒糟，在杯口处能看见细碎的淡绿色泡沫，酒液也有些浑浊，文人们便给它起了雅致的名字：“绿蚁”“浮蚁”等等。

唐代以前的酿酒工艺尚不太发达，因而经常能看到浊酒出镜。比如陶渊明的“清歌散新声，绿酒开芳颜”；再如白居易的“绿蚁新醅酒，红泥小火炉”；又如杜甫的“灯花何太喜，酒绿正相亲”……

因此也有“灯红酒绿”一说。

到了宋代，这种便宜而普及的浊酒依然流行。譬如《水浒传》里经常出现的著名桥段：店小二说，本店有十分香美的醇酒，就是有点浑浊。过路大侠豪爽道：“浑怕什么，只管筛来！”

然后，豪侠就不知不觉喝下了浊酒里的蒙汗药……

而李清照呢，也时常青睐这个怀旧的品种。在她的词作里有“共赏金尊沉绿蚁”“薄衣初试，绿蚁初尝”之类的句子，说明绿色的浊酒在宋代还是很受欢迎的。

除了浊酒，宋代其他可选的酒类也很多。譬如苏东坡就喜欢喝昂贵的葡萄酒，但这种酒需要请人专门从外地送来[①]；陆游也对此念念不忘，并且在诗中额外抱怨了葡萄酒的昂贵价格：“如倾潋微葡萄酒，似拥重重貂鼠裘。”

至于李清照，她的积蓄都拿来收藏金石古器了，估计很少有余钱品尝葡萄酒。

宋朝各种果酒也盛极一时。譬如黄柑酒，是用橘子酿制而成的，色泽鲜艳，芳香四溢，也是宋代特产。苏东坡曾进宫参加“黄柑宴”，喝得很美，还将此酒的甘美写进了词里：“拼瓦醉，金荷须满。怕年年此际，催归禁籞，侍黄柑宴。”

此外，荔枝、梨子、杨梅、山楂、枣子、桑葚，皆可酿成果酒。南方有椰子酒，还有进口的花酒、蜜酒、槟榔酒……李清照写的“酒美梅酸”，多半就是以梅酒配鲜梅，酸甜相济，爽口又清新。

宋代的果酒市场琳琅满目。不过可以确定，这些酒的度数都不会太高。

此外，还有桂花酿制的瑞露酒，添加嫩羊肉的羊羔儿酒、绿豆酒、蜂蜜酒，添加苏合香的药酒……万物皆可酿酒。

各地著名酒店以及达官贵人的私宅里，都会酿造自产的美酒。譬如丰乐楼的眉寿、遇仙楼的玉液、忻乐楼的仙醪、大名府的香桂、河南府的酴醾香……

虽然我们无法考证每种酒是什么味道，但想必最喜爱饮酒的文人墨客也无法饮遍其中所有。何妨从市场上随便挑个名字好听的酒，打回家，就是一夜一壶春。

最后附送小彩蛋：李清照虽然喜欢喝酒，酒量却不敢恭维，经常“三杯两盏淡酒”，就醉得东倒西歪。不过文人饮酒，饮的是情趣和兴致。至于这酒浓或淡，醉不醉人，那都是次要的啦。

① 苏轼《谢张太原送蒲桃》：惟有太原张县令，年年专遣送蒲桃。

WENDA

知乎问答

如何看待《千里江山图》入选翰林图画院年度优秀作品？

南方赤火/文

总觉得有内幕……又不是什么名家名作，又没有孤标高致的文人气韵，除了大，有什么好？我画了二十年的山水，比这个好多了！

999个回答

赵佶

超人气新生代画手/瘦金体创始人/翰林图画院名誉院长/兼职大宋集团CEO

朕评的。有意见？

10573人赞同了该答案　3629条评论　收藏　喜欢

蔡京

书法家/改革家/只是做了一点微小的贡献

年轻人还是不要太张狂的好。趁今日政务不忙，我来告诉你这幅画好在哪儿。

首先，你只看到“大”，就先入为主地断定这是一幅以量取胜的作品，大谬。精工细作的画卷，画师胸中要有全局，水平上容不得一点参差。能驾驭这么大幅绢面，画面却一点不凌乱，不枝蔓，不繁杂。画中有山峦，有树木，有飞鸟，有村舍民居，有沙洲小桥，有渔民舟楫……但每个细节皆有形制，这就是水准。

其次，你以为咱们大宋只推崇雅致哲思的文人画吗？错！我们大宋画界百花齐放，重工重彩的画作也可以贵气逼人。像这幅《千里江山图》，宏大奢华中充满清秀意趣，完全符合本朝“丰亨豫大”的审美观念。你看，这幅画里山峰相连，河水缠绕，陡峭之处令人拊膺长叹，平缓之处绵延千里，这不就是我们大宋的大好河山？虽然听说它的画师尚年轻，技法上仍有可以雕琢之处，但画中的壮阔雄心溢出纸面，这样一气呵成的磅礴之气，非逸笔草草的寻常水墨山水可比。如果你觉得它“俗”，只能说明你的审美境界有待提升。

最后，这幅画已经被圣上赐予本官，作为执政有方的嘉奖。臣定将坚持不懈，辅佐皇上，治理国家，以报知遇之恩！

5739人赞同了该答案　3629条评论　收藏　喜欢

薛丹青

翰林图画院招生办负责人/有意报名请私信

这个问题哈，蔡太师已经说得很清楚了，容老夫再多嘴几句。

首先，这幅画确实不是什么名家名作。它的作者王希孟，只是画院里一个默默无闻的年轻画师。这里打个小广告，咱们翰林图画院承蒙圣恩，开办得红红火火，不缺经费，也不拼爹拼背景。

老夫记得很清楚，画师王希孟今年只有十八岁，因为天资聪颖，数次得圣上亲自指导画技。他经过呕心沥血的半年时间，才绘出这幅《千里江山图》呈进，甫一面世，就惊艳了整个皇宫。这也正说明，在咱们翰林图画院，出身寒微不要紧，只要有实力肯钻研，做天子门生也不是梦（再打一下广告）。

另外，不知大家有没有注意到《千里江山图》绘图所用的颜料：天空和水面铺染花青，山石先以水墨勾皴，赭石打底，再分花青或汁绿，最后染石青和石绿……这些珍贵的矿物颜料皆来之不易，譬如石绿，是孔雀石和绿松石磨制而成的；石青则是青金石制成，还要经过筛细，漂清……因此画中的色彩除了带有天然的宝石色相，还能反射矿物特有的光泽，就算历经千年，也会色泽弥新。还有石黄、赭石、朱砂、霜青……这些天然颜料在《千里江山图》中反复点染，平均要上色五遍才能成画，可以说每一笔都是银子。民间画师多无此财力，唯有翰林图画院，为有需要的学生提供各种顶级颜料，全部免费，算是皇家福利。欢迎资质优异的民间画师前来报名！

总之，欢迎报名翰林图画院，公款绘画，圣上亲自指导，你值得拥有。不过按题主的画作水平来看，多半也过不了初试，呵呵。

2395人赞同了该答案　869条评论　收藏　喜欢

李师师

大宋国民女神/商务合作请发经纪人邮箱

别的我不知道。但去年有幸在翰林图画院颁奖仪式上见到了王希孟，他本人是位很干净、很有想法的少年。不过他一心扑在绘画上，用功过度，如今好像病得很厉害，希望媒体不要过度打扰他。谢谢！

2104人赞同了该答案　423条评论　收藏　喜欢

FASHION
ya Song
F I O N

BEAUTY

雅事集

美人录

风俗记

第二章 至尊红颜

她们的身份是妻子、母亲，但同时她们也是叱咤风云的女政治家，是驰骋沙场的英雄将领。她们向后人证明：即便面对重重禁锢，大宋女子也能在史书上留下辉煌的一笔。

B E A U T Y

纤云弄巧，飞星传恨，银汉迢迢暗度。金风玉露一相逢，便胜却人间无数。

柔情似水，佳期如梦，忍顾鹊桥归路。两情若是久长时，又岂在朝朝暮暮。

——北宋·秦观《鹊桥仙》

雅事集

YASHIJI

阑珊灯火，东京梦华

FASHION BEAUTY

大宋女孩怎么过节，那花样可太多了！中秋时节，你可以与家人一起登楼玩月；元宵佳节，就邀上伙伴一同观灯；七夕节怎么过，和谁过，那就由你自己来决定吧……

赏月

SHANGYUE

何处倚阑干？弦管高楼月正圆①

中秋之夜，桂花浮香。
花好月圆，莫此为甚。
值此良辰美景，不知阁下可否赏光，与我一同赏月？
要接受苏轼的邀请吗？

是√　否

顾闪闪 / 文

大宋全民偶像苏轼的邀请，这可万万不能错过，但在赴约之前，你总得了解一下，邀请函中的“赏月”到底是怎么个“赏”法？

宋人将赏月又称为“玩月”，和高雅拘谨的欣赏比起来，“玩”字显得随性又活泼，门槛一下子就降低了。所以在宋朝，从帝王将相到市井小民，都喜欢玩月。但在这个诸事“讲究”的朝代，中秋佳节的仪式感自然也少不了，可不是拿出手机，随便给月亮拍张照、晒晒图那么简单。

早在先秦，人们就有了“秋暮夕月”的习俗。八月十五，阴阳相半，寒暑平分，天气由燥热转为凉爽，在屋中闷了一夏的人们乘着夜风，阖家老小走出门去“晒月亮”。“夕月”即祭拜月神的意思。这一夜月亮比平常要明亮上几倍，素爱游玩的宋人会在自家院中设起大香案，摆上香烛，供奉瓜果梨桃。巧手的姑娘们还会将西瓜切成莲花形状，祈求月神保佑，自己能如姮娥一般花容月貌。

① 出自苏轼《南乡子·集句》。

当然，月饼是万万不能少的。“月饼”这一说法，最早出现在南宋吴自牧的《梦粱录》中。邀请你去赏月的苏东坡就特别爱吃月饼，他曾在诗中写道：“小饼如嚼月，中有酥与饴。”所以你最好带上一包刚做好的月饼，与他一同分享。

在宋朝，不同身份的人们玩月的方式也是各种各样的。中秋时节，像苏轼这样有头有脸的大学士，免不了要约上三五好友，在高楼深巷中定好包厢，一行人临轩对饮，阑外丹桂飘香，银蟾光满，好不快活。有些出手阔绰的王孙公子还会广开筵席，请上整个汴梁城最美的歌女，奏乐抚琴，酌酒高歌，直到天色将明。

至于市井间的普通人家，也会登上小小月台，安排家宴，图个儿女团圆。哪怕是身居陋巷，置办不起家宴的贫苦之人，当天也会典当衣衫换杯浊酒，勉强迎欢，不肯虚度。

这一夜，就连当朝官家也会放下九五之尊的架子，登楼赴宴，与官员百姓们同乐。为了一睹天子圣颜，天街总是挤满了人，地上如龙的花灯，天边皎洁的明月，将人间映得仿佛白昼。数十万盏红羊皮小水灯浮满水面，灿如繁星，不只为了美观好看，更为了祭祀江神，祈祷平安。路边卖饮子的、货绒线的、售蜜饯的，都唯恐错过了这促销的好时机，提前铺设好满满的货品，就连有司也破例允许商户营业到五鼓时分。所谓“金吾不禁夜，玉漏莫相催”，正是如此。

苏轼爱月，这是众所周知的。与这样的人共度中秋，只谈“逛吃”，未免过于浪费。出发之前，你还是要通读一下东坡居士那些与“月”有关的诗词。不论是后世耳熟能详的“明月几时有，把酒问青天”，还是幽情无限的“此生此夜不长好，明月明年何处看”，抑或是感叹“世事一场大梦”的“中秋谁与共孤光，把盏凄凉北望”，都让万载空悬的月，沾染了几分尘世间的烟火气息。

毕竟月那么远，又那么清寒，正是因为有了中秋佳节，有了文人绮思，才让它变得如此温暖又缱绻。

乞巧

QIQIAO

天孙正好贪欢笑，那得工夫赐巧丝①

瑶华 / 文

宋代的小姐姐们，最期待的节日是哪一天呢？

既不是辞旧迎新的春节，也不是榴花胜火的端午，更不是月圆人圆的中秋，而是双星相会的七夕。

在这一天，虽然闺中女儿们也会为牛郎织女的“金风玉露一相逢”嗟叹，但她们更多的时间都是用在过节上。这一天是女孩们为自己“乞巧”的日子，要准备的可多着呢，不仅早早地就要捧出供奉织女的瓜果酒食，还要向月亮、天河虔诚地祈祷，许愿让自己拥有像织女一样的慧心巧思。

怎样才能乞得“巧”？方法多种多样。有的是捉一只小蜘蛛，放在精巧的小盒子里，第二天打开，看织的网是疏还是密——如果网细密完整，就说明自己乞到了“巧”，毕竟它可是大自然的超级织工之一，而神话里的织女又恰好是云锦天衣的织造人。

如果说这个办法是依靠“天意”的话，那么还有真正考验眼力和手指灵巧程度的穿针比赛，女孩们用五色丝线穿过特制的七孔针或九孔针，比赛谁能又快又准地全数穿过。她们所凭借的只有微弱的星月之光，要穿好还真是不容易呢！

① 出自北宋·朱淑真《七夕》。

宋代人过七夕，也绝对不会忘了买买买。毕竟，要有精致的祭品贡献给织女，才能让她赐下巧来嘛！所以在七夕前三五天，街上的商铺就格外热闹了。最受欢迎的七夕节好物应该是“磨喝乐”，它是泥塑或者木雕的娃娃，富豪之家也会用玉石雕刻，其大小不等，一般是童子手里拿着莲花莲叶的造型，寓意吉祥。在“磨喝乐”的带动下，小孩们也纷纷拿着荷叶展开 cosplay，有的商家还会把荷花串在一起做成人工“并蒂莲”来进行售卖。

其他流行的七夕摆设还有用黄蜡雕刻成的各种水鸟和鱼类，涂上颜色，根据它的轻巧特性取名为“水上浮”。提前将绿豆、小麦等种子浸在水里，让它发出几寸长的芽，再用红蓝两色丝线束起来，这种绿植叫“种生”，也叫“生花盆儿”。此外，在小木板上敷一层泥土，撒下一些种子，长出小苗后，放上房屋、小人的模型，像是一块微缩版的田野的，则叫作“彀板”。在这些小玩意的点缀下，宋代人的七夕自然更加热闹且富有情趣。

当然，“每逢佳节胖三斤”的铁律在宋代的七夕也会应验。七夕当天，人们要吃一种用油面和着蜜糖制作的点心，叫作“果食”，其形状各异，极其精巧，味道当然也是香甜可口。如果购买一斤，卖家会加送一对披着甲胄的门神造型果食，美其名曰“果食将军”。再加上七月被古代称为“瓜月”，各种应季瓜果正是最甜蜜的时候，想要保持苗条身材的话，还真要适当地管住嘴呢。

观灯

GUANDENG

万家灯火春风陌，十里绮罗明月天①

顾闪闪 / 文

既然来到宋朝，又站在了东京街头，不打卡大名鼎鼎的元宵灯会，岂不是白来了这一遭？

“众里寻他千百度，蓦然回首，那人却在灯火阑珊处。”就连武将出身的硬汉辛弃疾也不得不承认，宋朝的灯会，那可是一个极易邂逅浪漫爱情的场合。动人的爱情都少不了气氛组的烘托，你爱的人可能没法驾着七彩祥云来娶你，但他可以在元宵夜为你包下一座灯山呀，就算没这么大手笔，小情侣在万千灯盏下牵牵手，甜蜜滤镜也是拉得满满的。

抛开这些不说，来都来了，总要买一盏别致的灯带回家。

正说着，就立马有商贩甲过来揽生意：“姑娘，走过路过不要错过，来看看我们的万眼罗灯。咱家的灯都是罗帛剪成，灯眼细密，红白相间，点起来那叫一个漂亮！不喜欢的话，我这还有五色宝珠串成的‘叠玉千丝灯’，灯光从通透珠子间溢出，如梦如幻，尤其是下边这圈流苏，搭配得刚刚好，您提出门去，那就是神仙娘子上街了！”

商贩乙在一旁不屑道：“你这些寻常灯笼和我家的‘玉灯’比起来，可差得远了。我这玉灯，通体都由无瑕的白玉制成，晃晃耀眼，如清冰玉壶，如此

① 出自宋·邵伯温《元夕》。

珍品才配得上这位小姐的出尘气质。我这还有高丽国进贡的石灯，沉是沉了点，不过胜在稀罕，提在手上别有一番禅意。”

话音刚落，就听商贩丙笑出声来：“黑乎乎的石灯也好意思拿出来现眼？你们的灯防水吗？能动吗？有随时随地播放皮影的娱乐功能吗？说起汴京城的灯，那还是得买我家的皮影灯和走马灯，拼的就是新颖抢眼，邻街小伙伴看到都羡慕哭了！”

你正在纠结，忽听不远处有人喊道：“快走！我们去看棘盆灯！”你被人群裹挟着，往宣德门楼而去，只见御街百余丈，都被棘刺围住，号曰“棘盆”，俨然就像演唱会的隔离护栏。棘盆之中才是重头戏，两根数十丈高的长竿挑起了灯盏的骨架，竿上挂满了鲜艳的锦帛彩缯，各式各样纸糊的百戏人物灯悬于竿上，神态各异，巧夺天工。夜风吹过，锦帛飞舞，衬得纸人灯宛若飞仙，仿佛随时能腾云而去。

在灯山的两旁，又各立着普贤菩萨和文殊菩萨的灯像，两尊菩萨灯做得精巧至极，眼放金光，指溢甘霖，尊崇而又圣洁，引得观灯百姓纷纷对着它们朝拜。这一夜，就连官家和皇后娘娘也会亲临宣德门，与民同乐，和百姓一起观灯。你若向百官群中望一望，兴许还能找到王安石、司马光、苏轼等名人的身影呢！

三更时分，銮驾回宫，方才还光彩耀目的数十万盏灯，伴随着禁鞭之声，一时尽灭，观灯的人群或满足或遗憾地散去，奔着更加热闹喧哗的夜市而去，继续享受上元节的欢愉。

万人空巷的灯市寄托着大宋的君臣百姓对太平盛世的向往，它就像一个缥缈而华丽的梦，短暂地隔绝了北方的硝烟，在元宵夜里，尽情绽放，又转瞬凋谢。

Y A S O N G M E I R E N J

FASHION BEAUTY

一向年光有限身，等闲离别易销魂，酒筵歌席莫辞频。

满目山河空念远，落花风雨更伤春，不如怜取眼前人。

——北宋·晏殊《浣溪沙》

F A S H I O N B E A U T

Me 美人录 MEIRENJI

文韬武略，独步天下

- 养蚕博主曹皇后
- 传奇皇后刘娥
- 巾帼战神梁红玉

FASHION BEAUT
曹皇后
种田VLOG
Caohu
hou
养蚕高手
无心宫斗
资深宫漂
和熹朱寤还威柄，明德犹疏抑外家。

曹皇后 皇后娘娘的种田VLOG

风小餐/文

“皇后娘娘又种田啦，快来围观啊——欢迎慈圣光献皇后入驻本站！”

点开某视频网站的首页，大家的视线立刻被版头的海报吸引。

海报中宫墙森然，围住的却是一大片生机盎然的绿色，有一身形纤瘦的女子侧身望来，使人见之忘俗。这女子虽非倾国倾城，但长相端方温婉，一双眼眸似盛满盈盈笑意、平和笃定。

这竟是一位皇后吗？皇帝皇后们种田往往意在为天下人作出表率，一年之中抽出几天来做做样子，就这也值得大肆宣扬？

怀揣疑惑，顺着海报点进这位皇后娘娘的频道，我们发现频道里竟然已经有几十个种田 Vlog！

频道简介的位置，是这位皇后简短的自我介绍：

慈圣光献皇后曹氏，真定曹氏之女。曾在宋仁宗时代任皇后，在宋英宗时代任太后，在宋神宗时代任太皇太后，可谓资深“宫漂”。喜养蚕、爱种田，擅长飞白书。

一生之中竟然辅佐过三位皇帝？看来这位曹皇后很不一般。她靠什么在钩心斗角的后宫中稳坐中宫、寿终正寝的？总不能因为她擅长养蚕种田吧？

带着好奇，我们随手戳开了频道里最新的视频。

PART 一 大宋皇后 or 养蚕高手

画面起初一片漆黑，伴随着悠扬丝竹声响起的，是摩擦纸张般的“沙沙”声。

弹幕热情刷过：“娘娘终于又更新了！”“每当我觉得活着很没劲，就会来看娘娘的视频。”“娘娘、娘娘，蚕宝宝是不是长大了？”

似乎在回答弹幕的疑问，漆黑的画面逐渐亮起，一只又白又胖的蚕宝宝出现在画面当中。

它跟它的兄弟姐妹们躺在一起，悠然自得地嚼着桑叶，视频最初的沙沙声就是它们发出来的。

镜头渐渐拉远，让观众们看清蚕房的全貌。这是一间十平方米左右的小房间，门窗紧闭，地上铺着绿绒毯似的厚厚桑叶，数不尽的蚕宝宝们连睡梦中都仿佛能品尝到美食的甘甜。

紧接着，紧闭的房门被轻轻推开，和阳光一同进入房间的正是曹皇后。她的头发简单盘起，身着浅绿色褙子及深绿罗裙，穿衣风格素净高雅。

她蹲下，十分熟练地拿起一只蚕宝宝，放在手心里把玩观察，随即笑着对随她同来的蓝衣姑娘说：“滔滔，这些蚕也快吐丝结茧了。”

视频中及时出现了介绍蓝衣姑娘的字幕：宣仁圣烈皇后，乳名高滔滔，曹皇后之养女，宋英宗皇后，宋神宗之母。

离开蚕房后，曹皇后带着高滔滔到桑树下，准备采摘桑叶。只见皇后娘娘动作利索，全没有高门贵女的娇气。高滔滔则不知从哪摸出一张白纸，笑嘻嘻地对曹皇后说：“娘娘，咱们又要回答观众的问题啦！”

“第一个问题：皇后娘娘的爷爷官拜周武惠王，是北宋王朝的开国元勋！娘娘既然是大家闺秀，为何干起农活如此熟练？”

曹皇后抖抖摘下的桑叶，将之放入挎篮中，对镜头淡淡一笑，显然并不为自己的身份自傲。

她平和地回答：“我们曹家虽是高门大户，但毕竟是将门。虽教导女儿恭谨守礼、进退有度，却没把我们养成十指不沾阳春水的千金小姐。”

“是呢！”高滔滔点点头，为皇后的话佐证，“娘娘十八岁进宫，一生勤俭，从不铺张浪费。我记得庆历八年是闰正月，有两个正月十五。皇上在第一个十五办了灯节，玩得十分尽兴，便想在闰正月再办一次，还是娘娘劝住了皇上！”

曹皇后并不居功，平静地说：“也是因为皇上本是节俭又善纳谏的明君。”

PART 二 撒娇 or 自立

“好，那我们来回答下一个问题：曹娘娘，现代社会有‘撒娇女人最好命’这样的说法，对此你怎么看呢？”高滔滔读出第二个问题。

此时曹皇后正拎着满满一篮桑叶到井边用清水冲洗，她略做思考后回答：“这个问题，让我想到了温成皇后……”

“娘娘！”听到曹皇后提到这个人，高滔滔的小脸立刻垮下来，不快地跺脚，“好好的提她做什么，您还称她皇后！”

曹皇后浅笑：“温成皇后是官家亲自为张氏封的谥号，当然可以这样叫。”

“提起这茬我就生气！”高滔滔的五官恨不得皱在一起，“张氏去世的时候，娘娘还在后位上好好坐着，官家竟然让她以皇后之礼下葬，后来更追封她为皇后，愣生生搞出了‘一生一死’两位皇后，引得朝臣哗然，令后人耻笑！”

“滔滔，不要再说了。”曹皇后摆摆手打断养女的话，“都是过去的事，何必如此义愤填膺。现在不是在说撒娇女人是否好命吗，不要跑题了。”

见滔滔不吭声了，曹皇后才一边用纱布擦拭洗净的桑叶，一边慢条斯理地说：“温成皇后张氏，八岁入宫，被一个姓贾的宫人领养。长大成人后，以美貌和出挑的舞姿迷倒了官家，宠冠后宫，为官家生下过三个女儿。

“按现在的标准看，她算是极会撒娇的可爱女人，独享帝宠多年，生前死后的风头似乎把我都压了下去……

“我也曾不忿过。记得也是庆历八年，正月，有几个卫士趁夜色到官家寝殿意图袭击，幸好被门口驻守之人发现。那天正是我在侍寝，听到动静不对，连忙拦住慌乱下想出逃的官家，关紧了殿门，命都知王守忠入宫平乱。

“我推测乱兵会纵火，便吩咐人带着水跟在那些乱兵后面。果然那几个丧心病狂的家伙火烧宫门帘幕，想逼出官家，幸好我派去跟随的人及时将火扑灭。

“为了激励众人的斗志，我亲手剪了那晚参与平乱的宫人们的头发，对他们说：‘以头发为证，今夜奋勇平乱的，明日定论功行赏！’太监和侍从们大受鼓舞，果然争先恐后地尽忠，很快平定了乱军。

“这次变乱，我自认竭尽所能，处理得算是尽善尽美，上不辜负官家，下不失信于侍从，换了谁来，恐怕都不会比我处置得更好。

“但官家是怎么做的？事情平定之后，他竟然大赞张氏，因为张氏听闻官家可能有危险之后，从寝阁中跑出去想去见他——仅此而已，官家就说她护驾有功，将她升为贵妃。

“我知情后甚是委屈，但张氏盛宠日久，我多少也习惯了，只按部就班地给兵乱善后。经我调查，发现一名宫女与作乱的卫士有勾结，按宫规应是死罪。

“那宫女心知不好，跑去向张氏求情！张氏又替她在官家面前说情，官家……官家竟答应免除那个宫女的死罪。

“我能如何？得知官家的决定后，我命人拿出了我的皇后朝服，穿戴完后去觐见官家。时至今日，我还能回想那时破釜沉舟的心情……

“我请求官家依法处置宫女、肃清宫规，官家大概自知理亏，也温言哄我，让我坐下慢慢说。

“可我没有，我坐不下！我只会直挺挺地僵立着，跟那娇俏乖顺的张氏一比，我知道自己木讷冰冷得像块顽石。”

说到这里，曹皇后自嘲般轻笑：“唉，如今想来，其实没必要跟官家闹得那么僵。就算我坐下，轻言细语跟官家慢慢理论，他最终还是会处死那宫女。官家虽宠爱张氏，但毕竟是个能辨是非的明君。”

高滔滔的眼圈有点红，讷讷地问：“那娘娘是后悔过去太刻板，不如张氏会撒娇吗？”

“我可没有这么说。”曹皇后素手执刀，开始将擦干的桑叶切成细丝，“跟官家相处的方式可以有很多，我不后悔自己的做法。

“当年官家废掉第一任皇后，诏曰‘以求德门，以正内治’，为的就是娶有教养的女子来治理大宋的内政。所以我初进宫就明白，我来不仅是为做他的妻子，更是为做大宋的皇后。”

说到这里，她玩味地笑了笑，道：“如张氏那样会撒娇的女人，看似好命，一生备受荣宠，荫护家族，有深爱她的官家愿为她冒天下之大不韪。

“可依我看，像我这样不会撒娇、坚守本性的女人活得也不赖，稳坐中宫二十八年，获得了朝堂内外的交口称赞。”

曹皇后将所有切好的桑叶装好，返回蚕房，将桑叶撒下。随后，她又带着高滔滔来到地里，拿起锄头开始翻土。

她将裙子系高，露出里面穿的挎裤，即使被泥土弄脏鞋袜也毫不含糊，锄头起落，农活干得十分像样。

她一边忙活着，一边补充：“女人再会撒娇，也不可能事事顺心。张氏够惹人怜爱了吧？但她也有挨官家数落的时候。

“她啊，活着的时候就心心念念想当皇后，跟官家撒娇想用皇后的仪仗出行。官家惯着她，不好直接拒绝，就将皮球踢给我，让她来找我借，以为我会拒绝。结果你猜我怎么做？”她问也在挥舞锄头的高滔滔。

高滔滔擦擦脸上的汗，好奇地睁圆眼睛：“娘娘怎么做的，有没有狠狠地拒绝她？”

“我并没有拒绝她，相反，如她所愿，痛快地把仪仗借给了她。张氏得意坏了，官家却对我心怀愧疚，意识到对张氏娇宠太过，将她呵斥了一顿，听说她把眼睛都哭肿了。”

“哈哈哈！”高滔滔掐腰，痛快大笑，“还是娘娘有办法治她！”

“我这哪里是有办法治她？”曹皇后笑着摇头，“不过是避其锋芒、处处忍让罢了。要说能治住她的，还要数前朝的官员，比如包拯。”

高滔滔十分兴奋：“啊，是那位‘日审阳、夜审阴’的包青天包大人吗？”

曹皇后答道：“正是他。包拯这人，果真刚正不阿、言辞犀利。有一阵子，张氏想请封她的伯父张尧佐为宣徽南院使，可官家在朝堂上一提，就遭到台谏官们的激烈反对，包拯就是其中一员，他还劝官家‘断以大义，稍割爱情’。官家被说服了，可张氏不死心，对官家软磨硬泡，官家也松口，答应一定会给张尧佐这个颜面。

“那天，张氏送官家去上朝，一路给官家加油鼓劲儿，到宫殿门口不能往里进了，还摸着官家的背叮嘱他：‘不要忘了宣徽使的事！’官家点头，雄赳赳气昂昂地进殿上朝，刚准备下任命诏，包拯就又出来进言，大谈不能任命张尧佐的种种理由。官家能怎么办，他若真敢任命，一定会被谏臣的唾沫淹死，只能按下不提。”

高滔滔捂着嘴笑：“不愧是那位包大人！”

曹皇后停下锄地，杵着锄头擦擦满头的汗，道：“是啊，不愧是他。

“官家回后宫之后，张氏满怀期望地来迎他，刚想问事情怎么样了，官家就一边擦脸一边回她：‘你就知道要宣徽使，不知道包拯是谏官吗！他今天上了殿，唾沫都溅到朕脸上了！’张氏也知道包拯不畏权贵，有他们这些言官盯着，宣徽使没戏了，这才作罢。”

“所以呢，”曹皇后望向镜头，“即使是在女子不得不依附男子而活的时代，撒娇也不能让人万事顺遂，心想事成。想要得偿所愿，靠谁都不如靠自己，要我说，勇敢做自己、自力更生的女人才最好命！”

弹幕大军积极响应：“啊啊啊，娘娘看我了！娘娘说得对啊！”

“这满头满身的汗好真实啊，娘娘干农活流汗的样子明明很狼狈，我却觉得她好像在发光！”

“娘娘说得对，靠谁都不如靠自己！”

伴随着祥和温柔的背景音乐，曹皇后和高滔滔在田地间劳作。时值四月，春意盎然，两位女子将早就准备好的玉米种子播撒到翻好的土地中，再填土浇水。

PART 三 关于孩子

一直忙到正午时分，两人才换了一套衣服，到田地附近的凉亭中休息。

这片田地位于曹皇后宫殿的后方，蚕房外种着几棵桑树。桑树与农田之间有长廊小路相隔，田里有刚刚播种好的玉米、生机勃勃的麦苗，还有些北方常见的蔬菜作物。靠近亭子的地方有一口水井，方才曹皇后就是从这里打水浇地、清洗桑叶的。

喝过早春新茶，高滔滔又把写了问题的纸拿在手里："娘娘，我要问第三个问题啦。"

曹皇后放下茶杯，点头道："请讲。"

"第三个问题……"高滔滔有些不快地蹙了蹙眉，"请问皇后娘娘，没有生育过孩子的人生是不是失败的人生呢？真是无礼，娘娘，我们干脆跳过这个问题！"

曹皇后为自己斟茶，并不气恼："的确是个有些尖锐的问题，不晓得提问的小友是否知晓，我终生都未给官家诞下一儿半女。

"在我们这个时代，女子无嗣被视为罪过，在我之前的那位郭皇后，更是被官家以'无子'为由废掉……那些年，我的确因此心惊胆寒、寝食难安……

"可如大家所见，我并没有因此失去后位。这也许是因为我擅长管理后宫、素有贤名，是官家的贤内助，也许是因为一日夫妻百日恩，官家到底念着我们之间的感情……不管是因为什么，没有子嗣这件事并未毁掉我的人生。"

高滔滔乖觉地坐得离曹皇后更近些，甜甜地说："娘娘虽无亲生的子嗣，却有我们这些养女相陪啊。"

曹皇后轻抚高滔滔的秀发，含笑点头："不错，我膝下无子，便按惯例从宗族和朝臣家里接了一些孩子到宫中抚养。

"滔滔是一个，赵宗实也是一个。我们滔滔和宗实青梅竹马、两小无猜，后来由我和官家做主成亲。滔滔从我的宫殿出嫁，留下'皇上娶媳、皇后嫁女'的佳话。若滔滔是我的亲女，反而没了这出，岂不遗憾？

"终生不曾生育子嗣一事，我是有些介怀的。"曹皇后坦率地说，"后宫之人没有一儿半女陪伴，着实煎熬。再加上我自小被家中长辈耳提面命，女子就是要为男子生儿育女才算圆满，每每思及，总是怅然若失……可若说没有生育过的人生便是失败的，我定不认同。家禽尚可司晨产卵，牲畜亦会耕田产乳，更何况人？繁衍子嗣虽然重要，但没有人活一世只为生儿育女的道理。

“我虽然没生育，但终生没堕曹氏女的声名，尽到了一国之后的本分，自认并不失败。”曹皇后饮茶润喉。

“话说回来，便是那并非高门贵女，当不了主母皇后的女子无儿无女，也不能断言她人生失败。不用生儿育女、相夫教子，省下大把时间，只要仔细经营、奋发向上，自然也是能报效家国的好女子。”

“娘娘，您真好！”高滔滔抽抽鼻子，依恋地环住曹皇后的腰，脸在皇后肩上蹭了蹭，引得曹皇后笑她：“多大的人了，还做这种小女儿情态。”

“小女儿情态怎么了？”滔滔哼哼唧唧，“我在娘娘面前，永远是不懂事的小丫头！”

两人谈笑一阵，便命人撤了茶，在亭中摆膳。曹皇后一生节俭，所用膳食并非山珍海味，但也色香味俱全，配着亭子外宫苑中的大好春色，着实令弹幕上的观众们垂涎。

“看起来好好吃哦——”“怎么办，手里的比萨突然不香了？”“鬼故事，看进度条！进度条要撑不住了！”“不要啊！娘娘种田养蚕喝茶聊天我能看一辈子！”

PART 四 娘娘的才艺

虽然观众们苦苦挽留，但视频的进度条还在无情地往后走。

用完午膳，稍做歇息，曹皇后便命人在亭子里摆上笔墨纸砚，准备焚香练字。镜头对准了娘娘的桌面，弹幕上一片惊奇：“这是什么字体，怎么笔画当中有留白？”

“这是娘娘很擅长的飞白书啊，娘娘书法好可是史书都有记载的，前面的都是新粉？”

似乎猜到观众们的疑惑，皇后娘娘写过几个大字后，温言细语地对着镜头解说起来：“我写的是飞白书，这种字体的特点是笔画丝丝露白，燥润相宜，像是用枯墨之笔写成。

“根据传说，这种字体由东汉书法家蔡邕发明，他曾见一工匠用笤帚刷墙，刷得极不均匀。这种不均匀却给了他灵感，他找来一些竹子，将之劈成细条，又模仿笤帚的样子绑成扁形竹笔，饱蘸浓墨快速运笔，就写出了这种有一丝一条露白的书体。

“飞白书诞生之后，因其独特的审美和书写的趣味性而备受推崇，一直被运用在碑匾之上。唐朝的几代帝王都很推崇飞白书，比如唐太宗李世民经常以飞白书赏赐大臣。到宋代，飞白书的发展达到高峰。

“像我的夫君就极爱飞白书，曾说：‘朕听政之暇，无所用心，以此自娱耳。’他的飞白写得极好，名臣晏殊曾作《飞白书赋》颂扬官家的飞白书曰：‘空蒙蝉翼之状，宛转蚪骖之形。斓皎月而霞薄，扬珍林而雾轻。’”

说到这里，曹皇后对镜头展示自己手里的笔，那支笔不同于普通的毛笔，笔杆乃是相思木制成，笔头扁平如同刷子。她解释道：“这是特殊的飞白笔，与真宗皇帝留给官家的木皮飞白笔相仿，是专门用来写飞白书的。”

介绍完毕，她再次运笔，用飞白书的技法在纸上写下小篆体“国泰民安”四个大字。

弹幕立刻划过一大片“舔屏！”“教练，我想学飞白书！”“教练我也想学，娘娘教我！”

伴随着空灵的背景音乐，视频里的曹皇后从午后练字至黄昏，她身上宁静平和的气质似乎能感染每个看视频的人。

PART 五

宫漂心得

在进度条即将结束的时候，曹皇后终于放下手中的飞白笔，在高滔滔的陪伴下，再次漫步于宫苑的田垄间。摄像师不远不近地跟着，拍摄着两位女子的背影，倾听她们的交谈。

高滔滔挽着曹皇后的胳膊，亲昵地问："娘娘，您回答了许多观众的问题，能不能也回答一个我的问题？"

"好呀，你只管问。"

"您在自己的个人简介里写，您是一个'宫漂'，这是什么意思？"

曹皇后沉默很久，许是在思索，她抬头看看漫天红霞，反问滔滔："你觉得这后宫是你的归属之地？"

"当然啦！"高滔滔说，"我幼时进宫被您养在身边，后来在这里当了皇后又做了太后，这里当然是我的归属之地，更是我的家呢……"

曹皇后轻叹："宗实与你感情甚笃，膝下的四儿四女皆由你所出。后来仲铖继位，那也是个极好的孩子，你从皇后顺顺当当变成了太后……在这宫里，你有丈夫，有子女，还有我这个'养母'，而我呢，我在这宫里有什么？

"为了助我做好这个贤后，曹家主动辞谢皇帝的封赏，我坐镇中宫多少年，曹家就有多少年不敢沾染朝堂要职，唯恐染上外戚坐大的污名。

"寻常人家的姑娘出嫁还能回娘家，跟亲人说说体己话，而我十八岁入宫后，却再也没单独见过我的家人，与他们闲话从不避讳宫人，唯恐落下口实。

"嘉祐八年，官家深夜驾崩，我强压悲痛，收缴宫门钥匙。宫门紧闭，直到天亮两府重臣入宫，才敢宣布官家辞世，连诏书都是我盯着忠臣拟的，将英宗稳稳扶上帝位。

"本以为将最凶险的皇权交接熬过去，一切都会好起来。谁知宗实体弱重病，我耐不住重臣恳请，不得不垂帘理事，后来也架不住小人挑唆，中间到底与宗实生了些龃龉。直至宗实去了，仲针登基，我才终于安享晚年……

“滔滔啊，你说这宫墙深深可是我家？我在这里究竟奉献了多少，又得到了多少？贵为皇后，究竟是我的幸还是不幸？我出身曹氏这样的名门，倘若不嫁皇帝，嫁个文臣武将，又或者只嫁个知情识趣的书生，会不会比当皇后过得更快乐？”

“娘娘……您怨恨吗？”滔滔小声问。

出乎她意料，曹皇后摇摇头：“不，我不怨恨。与贫民家如猪狗般被打骂贩卖的女子相比，你我过的都是神仙般的日子。我们身上的枷锁和悲剧是时代造成的，任谁都打不破、跳不出，甭管是做皇后还是太皇太后，都不得自在、不得痛快。

“可是现在，视频之外的世界已经不一样了。”

她说着，从滔滔怀里抽回自己的手，快走几步，在田间深呼吸几次，像展翅欲飞的鸟儿一样高举手臂：“我从不怨恨命运，只是忍不住畅想——

“如果我有的选，定不会投胎在我的时代，定不会做曹氏女，也不要做什么劳什子皇后，跟张氏争宠！

“如果我有的选，我便要去这宫墙困不住人的时代，去再无王公贵族的地方！

“如果我有的选，我不要做天下最尊贵之人的妻子，不要做骁勇善战之人的孙女，我要亲自去争一争位高权重，亲自横刀立马，驻守天下！

“我要去开阔的平原种谷割麦，要染出最漂亮的蚕丝、织出最美丽的绸缎！我要放声高歌，为所有令我心折的美景写诗题字……”

她良久地凝望天空，半晌缓缓放下手臂，回身望向高滔滔，也望向追随她的摄像头，望向摄像头外的观众们。

她的脸上没有泪水，只有释然和充满鼓励的笑容，以火烧般绚烂热烈的晚霞和生机盎然的田地为背景。她望着所有注视她的人，充满向往地说："我没得选，幸而如今的许多人可以选择，不是吗？"

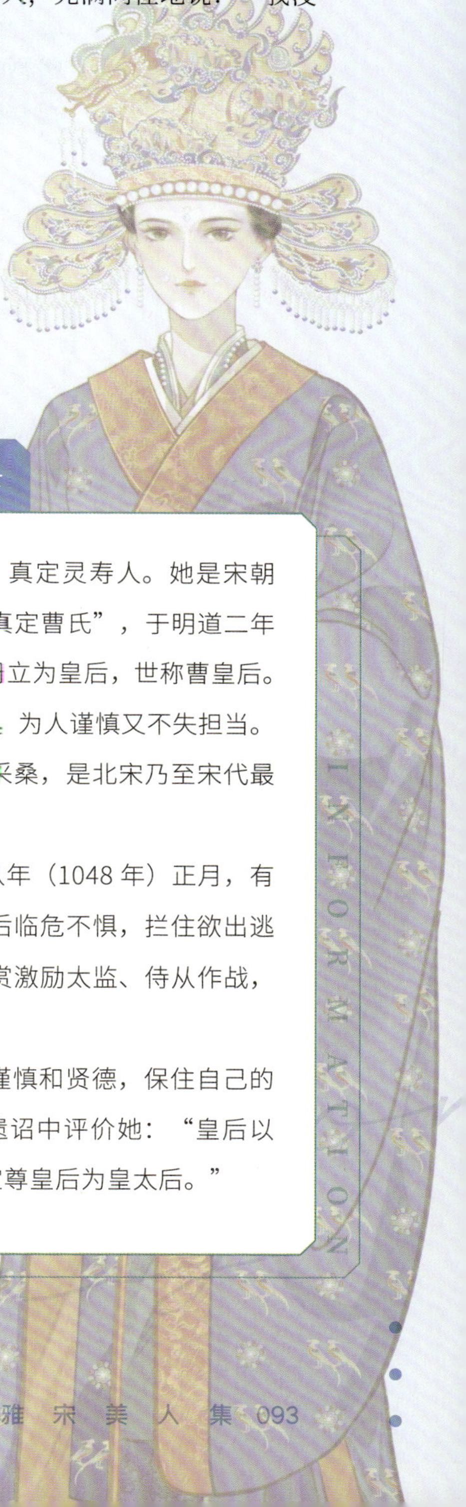

CAO HUANG HOU 曹皇后

人物资料卡

曹皇后（1016 年—1079 年），名字不详，真定灵寿人。她是宋朝宋仁宗赵祯的第二任皇后，出身于高门世家"真定曹氏"，于明道二年（1033 年）入宫，并在景祐元年（1034 年）被册立为皇后，世称曹皇后。

曹皇后熟读经史，善飞白书，性情慈爱宽容，为人谨慎又不失担当。她还重视稼穑，常常在宫苑内种植谷物、养蚕采桑，是北宋乃至宋代最具贤名的皇后之一。

曹皇后有勇有谋，极具巾帼风度。宋庆历八年（1048 年）正月，有卫士作乱直趋仁宗皇帝的寝殿。面对慌乱曹皇后临危不惧，拦住欲出逃的皇帝，正确应对放火的乱兵，以剪发论功行赏激励太监、侍从作战，最终消灭乱兵。

曹皇后虽终身未生育子女，但她仍凭借着谨慎和贤德，保住自己的皇后地位，正位中宫达 28 年之久。宋仁宗于遗诏中评价她："皇后以坤仪之尊，左右朕躬，慈仁端顺，闻于天下。宜尊皇后为皇太后。"

FASHION BEAUT
刘娥
逆风翻盘 向阳而生
Liue
绝地求生
她离皇帝
一步之遥
太后临朝十余年，天下晏然。

刘娥 逆风翻盘，向阳而生

Meirenlu

三心草 Flora/ 文

什么？一个十五岁从家乡北漂到首都且终生无法生育的底层歌女，凭借自己的努力，在封建男权社会里，竟然成为母仪天下的皇后，进而成为国家的最高统治者？

电视剧都不敢这么写。

正所谓“眼界决定境界，格局决定结局”。

只见一个雍容华贵的美少妇从内殿缓缓走出：“不好意思，这就是我拿的大女主剧本，我的名字叫刘娥。”

蜀地孤女

有诗云：“三万里河东入海，五千仞岳上摩天。遗民泪尽胡尘里，南望王师又一年”，这是宋。

又有词云：“东南形胜，三吴都会，钱塘自古繁华。烟柳画桥，风帘翠幕，参差十万人家”，这也是宋。

北宋时期的四川成都，人民安居乐业，一片欣欣向荣。

我们的女主角刘娥，就出生在这里。

刘娥本是山西太原人，其祖父刘延庆是五代时期的大将军，父亲刘通在宋太祖时，曾经做过嘉定刺史。

但这些吧，听听就算了，未必是真的。

毕竟每一个大女主，都必须要有一个极其悲惨的身世。

所以，上天就对刘娥这位天选之女出手了。

虽然出生于官宦之家，她却妥妥地分得一手“烂牌”。刚出生不久，父母相继去世，成为孤儿的刘娥只好由祖母收养。

为了谋生，她很小就开始学习才艺，她的模样标致，嗓音清脆，就像山野里一朵盛开的百合花。

可当天真烂漫的刘娥渐渐长大，听到身旁的女伴们一个个都开始抱怨原生家庭的伤害，她这才发现自己竟然连原生家庭都没有。

刘娥聪颖，很快成为远近闻名的小歌女。因为家境贫寒，年龄稍大后，她便被嫁给当地一个叫龚美的银匠。

史书记载：刘娥“善播鼗”，“鼗鼓”也就是现在俗称的拨浪鼓。

成婚以后，丈夫龚美带着刘娥去汴梁城讨生活，街头卖艺的日子常常食不果腹、饥寒交迫。为了不让刘娥饿死街头，龚美就把她卖到张耆的府里，做了歌姬。

所以说，没事不要老宅在家里，多出去走走。谁知道机会正在哪个角落等你呢？

彼时，张耆是宋太宗的皇子赵恒的属下，赵恒到属下家里串门儿，免不了要歌舞助兴。

川妹子刘娥长相甜美、身姿曼妙，再加上她悠扬的歌声、得体的谈吐，赵恒看在眼里，记在心里，对她一见钟情。

但高贵的天家怎么会允许皇子与街头卖艺的女子厮混？

更何况，这名女子还是个有夫之妇！

虽然后来《宋史》为尊者讳，隐去了“刘氏始嫁龚美”一节，但刘娥二婚改嫁的事实还是为她日后的人生增添了几抹传奇色彩。

为了拆散这对鸳鸯，赵恒的老爹宋太宗使出了两招：一是把刘娥赶出宫去，二是给赵恒娶媳妇儿。

赵恒不敢违抗圣旨，又舍不得刘娥，明面上娶了潘美的女儿潘氏，暗地里却把刘娥安置在张耆的书房。

这一住，就是十五年。

五千四百多个日日夜夜，说来轻巧，但真正置身其中，如人饮水，冷暖自知。

面对突如其来的变故，刘娥并没有像平常女子一样惊慌失措。她镇定自若地接受命运的安排，养精蓄锐，默默努力。

这就是一个大女主应有的自我修养。

宋朝的儒雅之风熏陶了这个远道而来的蜀地孤女，刘娥深知赵恒与龚美的不同，也深知以色侍君者，色衰而爱驰。

所以，她只有不断学习，不断提升自己的能力，有朝一日，才能与赵恒肩并肩站在金碧辉煌的城楼上，俯瞰众生。

十五年的金屋藏娇，也让刘娥用十五年的时间，把张耆家中的藏书都熟读了一遍，完成了从花鼓艺人到经纶才女的蜕变。这是她人生的第一次跃迁，也奠定了她在不久的将来飞黄腾达的基础。

许多年以后，当刘娥回首往事，一定会感激当时闭门苦读的自己。

谁说女子无才便是德？

要让刘娥来讲，学习，永远是自我赋能的最佳途径。

岁月如飞刀，刀刀催人老，皇帝也不例外。

公元997年，宋太宗驾崩，赵恒继位，也就是后来的宋真宗。刘娥心中暗自欢喜，因为她知道自己的转机终于来了。

果然，没有了老爹的约束，赵恒登基后做的第一件事，就是把刘娥接进宫里。

彼时的潘氏早已因病去世，赵恒的王妃是宣徽南院使郭守文的女儿郭氏。赵恒继位两个月后，便册立郭氏为皇后，而刘娥也坐上了四品美人之位。

那么，问题来了。

全天下都知道刘娥曾经是个在街头卖唱的艺人，如今她也算身居高位，麻雀变凤凰，总有这些黑历史拿不出手吧？

所有问题都有解决的办法，何况这些问题对如今的刘娥来说，根本不是问题。

她随手为自己编造了一个逆境求生、自强不息的正能量故事，反正也没有办法求证。

龚美？咳，你们都想歪了，他根本不是我老公，他是我表哥啊！

完美，简直完美至极。

但皇帝身边从来不缺乏美人。

彼时，初入宫廷的刘娥已经三十六岁，尽管洗白了履历，可在一众活色生香的嫔妃中还是不具备竞争力。虽有赵恒的喜爱，但后宫争斗水深火热，她又能靠什么脱颖而出？

答案是：知进退，懂分寸。

有了文化知识傍身的刘娥，再不是从前那个懵懂无知的野丫头。

她用一腔似水柔情俘获了赵恒的心。每当赵恒为国事烦忧时，她便引经据典、举重若轻地为他分忧；每当赵恒为家事困扰时，她便抚琴放歌、贴心安慰。相比那些争风吃醋的妃嫔，这样知情识趣的刘娥无异于一股清流，令赵恒如沐春风，因此对她恩宠有加。

史书记载："刘后性警悟，晓书史，闻朝廷事，能记其本末。"

这足以说明她的心性。

而也正是凭借她经年累月修炼出的这一股淡雅气质，刘娥才真正成为赵恒的左膀右臂。她在宫中低调沉稳，不仅礼敬郭皇后，更与各宫嫔妃友好相处，从不搬弄是非，也不恃宠而骄，终于在尔虞我诈的后宫赢得一席之地。

大女主的人生注定是开挂的人生。

如今，刘娥本事有了，人脉也有了。在此后的漫漫宫廷岁月中，她更是顺风顺水，独得赵恒宠爱，收获了美满爱情。

啊，真教人羡慕。

立为皇后

常言道：做人嘛，最重要的就是开心。但除了开心，人还是应该有点儿更高级的追求。要不然，辛辛苦苦十几年干吗呢？

要不然，做一下皇后怎么样？刘娥想。

理论上是可以的，因为宋景德四年（公元1007年），郭皇后因儿子赵佑夭折，伤心过度，不幸病逝。

赵恒想立刘娥为后。

但刘娥出身低微，没有子嗣，早已丧失了生育能力，完全不符合立后的条件，遭到了群臣的激烈反对。

赵恒安排翰林学士杨亿起草封后诏书，并许以荣华富贵，但杨亿公然拒绝，说这是对自己祖上的羞辱。

大臣们则一致推荐立宰相沈伦的孙女，十四岁的沈才人为后。赵恒当然不乐意，于是干脆实行拖延政策，让后位虚悬了好几年。

不过，好在刘娥是一个擅长等待的女人。

三年后，转机又来了。

有一日，刘娥身边的侍女李氏梦到仙人下降为子。赵恒和刘娥大喜，想到了一个“借腹生子”的妙招。

李氏被安排侍寝，很快有了身孕。赵恒便向朝臣宣布，刘娥有孕，晋封为修仪。

大中祥符三年（公元1010年），李氏生下一子赵受益，即后来的宋仁宗赵祯。孩子一出生，就被抱由刘娥抚养。

当时，赵恒子嗣稀薄，五个皇子一个也没活过十岁。因此，李氏生下的这个孩子格外金贵，也成为刘娥晋升皇后的重要筹码。

只可惜，朝中仍有不少人质疑这个儿子的真实性，还是没有多少人赞成赵恒要立刘娥为后的提议。

就这样，一耗又是两年。

终于，赵恒愤怒了。

我自己的老婆，我说让她当皇后就当皇后，凭什么要你们同意？

于是，大中祥符五年（公元1012年），在孩子长到两岁的时候，赵恒不再顾及朝中的反对声音，先晋刘娥为德妃，再直接下了一道诏书，在未举办封后仪式的情况下，立刘娥为皇后。

此时，刘娥四十四岁。

虽然她的这次晋封无人祝福，但强大如刘娥，毫不在意。

这段故事，后来被改编成“狸猫换太子”，通过话本和杂剧在民间广为流传，刘娥从此背上了“洗不尽的污名”。

但我们的女主角刘娥一脸茫然。

怎么还有番外剧情？这可是另外的价钱！

历史的真相是，身为皇后的刘娥并没有像宫斗剧里那些削尖了脑袋爬上后位，就开始胡作非为的女人一样，她不争宠、不嫉妒。

在掌权之后，她将李氏也封了宸妃，还不断提升李氏的地位，两人关系非常要好，李宸妃死后，刘娥甚至还用皇后之礼安葬了她。

史书记载："凡处置宫闱事，多引援故实，无不适当者。"可见刘娥具有卓越的管理才能，也正因如此，赵恒对她愈发倚重和信任。

高雅的气度令刘娥每到关键时刻，都能够审时度势、深藏不露，实现了人生的第二次跃迁。她是赵恒的白月光，也是他的朱砂痣。赵恒就连外出巡幸，也要带上她。

或许从那时起，刘娥心里就已经有一颗小小的种子在悄然萌芽。皇后绝不是她权势的终点，大宋王朝还有更重要的使命，等待她去完成。

临朝称制

公元1016年，赵恒中风，此后他的身体情况一直不太稳定，政事基本上都交给刘娥处理。

四年后，赵恒的病情再次加重，连说话都困难，于是下诏："此后由太子赵祯在资善堂听政，皇后贤明，从旁辅助。"

这份诏书相当于正式赋予了刘娥裁决政事的权力，将她从幕后推到了台前。

从某种意义上说，在中国古代，每一位成功女人背后，都有一个身体不好的男人。比如唐高宗与武则天，比如辽景宗与萧太后，再比如宋真宗与刘娥。

然而，作为大宋的第一位摄政皇后，刘娥面对的反对力量，也是空前强大。站在第一线的，便是名臣寇准。

寇准是个了不起的人物，他一腔热血，忠贞为国，非常能干，曾领导大宋军民抗击辽国，在地方治理方面也是政绩斐然。

可尽管寇准居功至伟，却和许多士大夫一样，对女性抱有偏见，是个典型的“大男子主义者”。当初赵恒欲立刘娥为后，寇准就明确反对。眼见刘娥渐揽大权，寇准更是坐立不安。

于是，寇准向皇帝建议，让年少的太子赵祯监国，这样不仅能锻炼他的政治才能，还能有效地制衡刘娥专权。

赵恒本来已经同意，但寇准他老人家太自以为是，人家皇帝刚答应，他就急忙让手下草拟诏书。更要命的是，寇准喝醉了酒，还把这事儿给说漏了嘴。结果，话传到丁谓的耳朵里。

丁谓抓住机会，向皇帝进言，诬陷寇准“矫诏”，并要求罢免寇准。赵恒只好装糊涂说自己没答应让太子监国。

最终，寇准被罢相，做了冤大头。更倒霉的是，寇准还有个没头脑的亲信，名叫周怀政。他不甘寇准被罢免，竟想以政变的方式杀掉丁谓，废去皇后，让赵恒做太上皇。这波无脑操作，不仅让周怀政掉了脑袋，也彻底断送了寇准的政治生涯。

而在铲除寇准的过程中，刘娥几乎没表过态，一切全靠丁谓张罗，她只在后方掌控着局势，所谓“螳螂捕蝉、黄雀在后”。

宋仁宗乾兴元年（公元1022年），赵恒驾崩，十一岁的赵祯继位，史称宋仁宗。

皇帝这么小，能做得了什么呢？当然还是需要母亲的辅佐，于是，五十四岁的刘娥开始了垂帘听政生涯。

不得不说，刘娥真是个杰出的政治家。

大中祥符元年（公元1008年），宋真宗发起了被《宋史》称作“一国君臣如病狂”的“天书运动①”。长达十余年的“天书运动”使得宋王朝陷入混乱，

---

① 在"澶渊之盟"的背景之下，宋辽议和对"天无二日"的中国中心论造成巨大冲击，宋真宗闷闷不乐，王钦若向真宗建议：“陛下以兵取幽蓟，乃可涤此耻。”真宗很不愿意发动战争，王钦若又建议：“惟封禅可以镇服四海，夸示外国，然自古封禅，当得天瑞希世绝伦之事乃可尔。”于是，宋真宗发起了“天书运动”力图借助符瑞、封祀道教，昭示天命、粉饰太平。

人力、财力、物力大为受损。

刘娥临朝以后，面对“孤儿寡母”的艰难处境，她采取“守成”的态度，下令将“天书”随同宋真宗一起下葬永定陵，停止天下宫观的营造，禁止宣扬迷信，彻底终结了这场扰动大宋王朝多年的“天书运动”。

刘娥虽然睿智，但当她一个人面对诸多事务时，仍不免势单力薄。

夕阳西沉，她头戴金冠，独自坐在朝堂上，显出些许落寞。放眼整个朝廷，她真的不知道满朝文武对自己忠心的又有几个。

甚至连曾经帮助过她的宰相丁谓，也是心怀叵测。

丁谓野心勃勃，想借机架空刘娥，挟天子以令诸侯，把她和赵祯这对母子玩弄于股掌之间。

刘娥目光如炬，早已看透丁谓的不臣之心。她暗中派人搜集丁谓的罪证，寻找机会除掉他。等到时机成熟，刘娥当着众多大臣的面，将丁谓欺上瞒下，与宦官雷允恭勾结的证据公布于众。

丁谓机关算尽，最终落得被贬崖州，客死他乡的凄凉结局。

几年后，刘娥又以谋反之罪除掉了朝廷的另一个隐患曹利用。时局逐渐走向平稳，她协助赵祯顺利完成了政权的平稳交接。

此后，由于对变法持保留态度，刘娥获得了守旧老臣的支持与配合，又借封赏之名拿到了官员的亲属名单，表面上说是要照顾功臣，实际上是为了控制官员推荐亲属入朝，杜绝了官员引进私党、拉起党争的可能。

同时，她还任用名臣，大赦天下，宽徭息兵，在创设谏院、发行交子、澄清吏治、兴修水利、完善科举、兴州办学等方面都做出了巨大贡献。

刘娥在大宋的舞台上，舞出了不一样的风姿。

除了个人努力，大宋“重文轻武”的政治环境也给了她施展才能的机会。没有大规模的战争和内乱，刘娥得以在一个雅致的时代华丽转身，完成了她的第三次跃迁，也为日后的“仁宗盛景”打下了坚实基础。

剧情来到高潮，这样一个人，这样的行为做派，你想到了谁？

是不是像极了武则天？

没错，不仅我们想到了，大宋朝廷中的那些大臣也早就看出来了。

女帝风波

今晚的月色很亮，卸掉白日里周身的防备，刘娥粉黛不施，倚窗而立。

或许她从没想过，以自己开局的资质可以来到一个帝国的权力中心。

多年的苦心经营使她冷静，但又有一种渴望无时无刻不在身体里蠢蠢欲动。没有人知道，当距离皇位只有一步之遥时，刘娥有没有想过效仿武则天，自己来当这个皇帝。

刘娥曾在上朝时，问众位大臣："唐之武后，是什么样的女人？"

众臣回答："唐之罪人，差一点儿就断送了大唐的江山社稷。"

刘娥听后沉默不语。

殿中丞方仲弓上书，请刘娥"行武后故事"，权知开封府、后来入朝拜相的程琳也献上《武后临朝图》，都在暗示刘娥称帝。

刘娥询问众臣看法，众臣皆不敢言语。

只有刚直的鲁宗道说："这样做，又将当今皇帝置于何处？"

刘娥思索片刻，最终还是将鼓动她称帝的奏章撕碎，掷于地上："我不做这种对不起大宋列祖列宗的事！"

但欲望这种东西，一旦开启，便再难回避。

明道元年（公元 1032 年）十一月，刘娥做出一个惊人的决定。她将于翌年二月，身着帝王之服去大宋王朝的太庙行祭祀大典。

众臣听说后，极力反对。

尚书、礼部侍郎薛奎进言：“太后身着帝王服饰，在太庙行礼时，是行男性皇帝的礼，还是女性后妃的礼？”

刘娥一时也无法作答。

明道二年（公元 1033 年）二月，虽遭大臣激烈反对，刘娥仍决定再次到太庙祭祖。

那一日，晨光熹微，刘娥乘坐装饰着琬琰象牙的玉辂，穿着皇后专享的深青色礼服，戴着为后妃定制的凤冠，雍容华贵，光彩照人。一切如往常一样，没有任何僭越。

到了太庙，落轿停车，刘娥并没有立刻向祖宗牌位祭献，而是来到偏殿，换上另一套装束：着衮服、戴冕冠，一如皇帝穿戴。

不过，她将衮服上十二种图案减去两种，变为十种；冕冠上的垂旒由十二道减为九道。有史以来，还没有后妃戴过这种九旒的冕冠，刘娥特意给它取了个名字，叫仪天冠。

仪者，匹配、比肩之意，天者，至高无上也。刘娥恰如其分地将自己的皇帝心思表达在服装礼仪上，又通过减少图案和垂旒显示出谦恭，以示与皇帝的区别。

装束停当，祭献仪式正式开启。刘娥以皇太后身份首献，跪拜在大宋历代帝王的牌位之下。

刘娥心里默念：“我打理江山十数载，海晏河清，国富民安，上不负先皇，下呵护幼帝，这里也应有我一席之地。”接下来皇太妃、皇后、妃嫔依次献祭，一切进行顺利。

这样的举动，已明晃晃地昭示了刘娥的野心。

但聪颖如她，又怎会打无把握之仗？

刘娥深知，自己和武则天相比，缺少强大的娘家支持。

宋朝不像唐朝，具有开放的社会风气，而刘娥出身卑微，也没有强大的外部政治势力支持，再加上宋朝的“祖宗家法”制度，连宋太宗都不敢逾越宋太祖制定的一系列准则，这些都令她的称帝之路难上加难。

在场的所有人都战战兢兢地看着祭献仪式结束，等待刘娥宣布那个惊世骇俗的决定。

然而，并没有。

刘娥朱唇轻启，缓缓地说：“十一年了，我垂帘听政十一年，终于结束了。从今天起，我要还政于我儿赵祯。”

所有人都长长地舒了一口气。

罢了，刘娥想，与其横冲直撞，去搏一个皇帝的头衔，倒不如兢兢业业，在史册上留下一个“贤后”的声名。

离开太庙时，初春的阳光明媚、温暖，风中夹杂着花草的芳香。刘娥感到自己的人生臻于完美，了无遗憾。

后来，名相富弼曾上书赵祯，回顾这段往事：“当日，章献明肃皇后临朝，陛下受制于人，皇权微弱。而章献明肃皇后最终没有像唐代武则天那样谋朝篡位，全赖忠臣的救护，使得章献明肃皇后不得不克制欲望。陛下可以保全皇位，实是这些忠臣之功。”

也许吧。

但不管真相如何，后人评价她“有吕武之才，无吕武之恶”，已是极高的赞誉。

没有等来女主角的“黑化”，我们这些看客颇感失望。

不过，还有另外一个重要原因，可以解释刘娥没有称帝的行为，那就是宋朝恢复了儒家的崇高地位。

大宋充分认识到了儒家文化对维系社会稳定的作用，于是更加注重对儒家文化的宣传、普及。

虽然对女性的约束不如明清时期那么严格，但女性的地位已经无法和唐朝相提并论。在传统儒家文化的制约下，刘娥终究很难做出违背“儒家纲常”的称帝之举。

所以，归根结底，生于大宋是刘娥的幸运。

又或许，也是她的不幸。

传奇一生

明道二年（公元 1033 年）三月，刘娥染病，下令大赦天下，将乾兴元年，即刘娥临朝以来的贬谪之人，如寇准、曹利用等，恢复旧有官职，并将丁谓从贬黜的远地迁了回来。

明道二年（公元 1033 年）四月，刘娥崩逝。

赵祯在殿前召见群臣，哭道：“太后临终前，数度牵扯身上的衣服，到底是什么意思？”

参知政事薛奎说：“太后不愿先帝于地下见她身穿天子之服。”

赵祯幡然醒悟，下令给刘娥换上后服，然后入殓。

对儿子赵祯，刘娥像许多望子成龙的母亲一般严加管教，希望他从小就受圣人教诲，远离声色犬马。

特别是在挑选儿媳妇这件事上，刘娥干脆替儿子做主，选了一个他不喜欢的女人做皇后，让赵祯很不高兴。及至赵祯二十多岁，刘娥依然把持朝政，不肯放权。

但两人之间虽有嫌隙，亦有真情。

刘娥死后，族中最具威名的八王赵元俨对赵祯说：“刘后并非陛下生母，陛下生母乃是李宸妃……李娘娘死得不明不白，怕是被人害死的。”

皇太妃杨氏亦告知赵祯：“陛下真正的母亲确是李宸妃，现已不在人世。”

赵祯这才明白，原来刘娥并非自己生母，而生母李宸妃至死都不得与自己相认。

接连的打击令赵祯伤痛欲绝，几日不能上朝，并下诏自责。

赵祯派兵包围了刘娥亲眷的府邸，并遣人到李宸妃灵柩所在的洪福院进行查看。结果发现李宸妃已被以皇后之礼下葬，在水银的养护下，面色如生。

得知消息后，赵祯感叹：“人言岂可尽信！”

随后，他在刘娥灵柩前焚香祭拜，道：“自今以后，大娘娘一生清白了！”

明道二年（公元 1033 年）十月，赵祯率群臣将刘娥下葬，陪葬宋真宗永定陵，谥号“章献明肃”皇后。

刘娥的一生，从打鼓卖艺的草根女子，到大权独揽的霸气国母，实现了惊天大逆袭。

就连一向保守固执的司马光也赞她：“保护圣躬，纲纪四方，进贤退奸，镇抚中外，于赵氏实有大功。”

多情谁似南山月，特地暮云开。

刘娥虽身在宫中，却不被宫墙所困，在一个男权世界里，活出了一个女子本来的模样，一如她的眼底风月、额前素雪。

当一场大戏落幕，刘娥在不经意间已创造出一个奇迹。

逆风翻盘，向阳而生。

她为前人守住了一个繁花似锦的时代，也为后人留下了一个群星璀璨的时代，至于帝、后的虚名，不过浮云而已。

刘娥

LIU E

人物资料卡

刘娥（968 年—1033 年），益州华阳人，她是宋真宗赵恒的皇后，世称章献明肃皇后。

刘娥的身世有待查证。广传刘娥祖籍太原，父亲刘通是宋太祖时的虎捷都指挥使，但生于显赫家族的刘娥却嫁于蜀地的一个银匠。

宋史记载十五岁的刘娥与赵恒初会，天生丽质的刘娥与赵恒一见钟情，但刘娥出身寒微，不得当时赵恒的乳母秦国夫人的喜爱，赵恒被逼无奈，将刘娥偷偷藏在指挥使张耆家中，偷偷交往十五年。公元 997 年，宋太宗驾崩，赵恒继位，刘娥入宫被封为四品美人，正式成为后宫妃嫔中的一位。

大中祥符五年（1012 年），刘娥被册立为皇后。她才华超群，通晓古今书史，熟知政事。每日宋真宗批阅奏章，刘娥必随侍在旁。天禧四年（1020 年），真宗患病，刘娥辅助皇太子赵祯，正式踏上垂帘听政的掌政道路。

她是宋朝第一位摄政的皇太后，更是完成了宋政权从真宗时代到仁宗时代的平稳交接，史书称其“有吕武之才，无吕武之恶”。

INFORMATION

FASHION BEAUT
梁红玉
巾帼逞英豪
名将之妻
但更能打
姐姐好飒
也是红妆翠袖，然而青史丹心。

梁红玉 风华为人杰，巾帼逞英豪

清秋桂子 / 文

一

宋朝大约是历史上才女最多的时代。

纵观整个宋朝，那些才华横溢、优雅至极的传奇女子数不胜数，她们或温婉柔雅，或至情至性，然而其中却有一位的风格与其他人不太一样，可以用“相当能打”来概述。

当然，“能打”是字面上的含义，因为这位姐姐登场的地方往往是《说岳全传》《岳家将》《韩家将》这种颇具武侠色彩的文艺作品，一出场就是浩浩荡荡的排兵布阵、击鼓号令，气势十足，上马抡刀砍人不在话下，是一位实打实的女中豪杰。

这位女豪杰姓梁，是著名的抗金大将，后人称其为梁红玉。

如果要排个古代传奇女将军的人气榜单，梁姑娘绝对能位列前十，其热门程度大概仅次于花木兰、穆桂英。

然而和只存在于评书当中的穆桂英以及来源于乐府诗词中的花木兰等人不同，这位梁姑娘是真实存在且有据可考的。

《宋史》《建炎以来系年要录》以及《续资治通鉴》这些正史中均有提及这位女将的事迹。

在封建王朝由男性当权主导编写的史书里，女性的名字不太容易被记录下来。大部分女性仅仅作为某某之妻、某某之母存在于男性的背后，姓名无可考，更遑论她们的生平。

梁姑娘也并不例外，实际上梁红玉这个名字并非她的本名，史书中仅仅记载了“韩世忠妻梁氏”这个称呼，红玉这个名字是后人加在她身上的。

明清时期，各种小说话本如雨后春笋一样冒出来，各色演义剧本更是满天飞。

以宋代为背景的自然不在少数，毕竟时间离得近，素材也多，诸多抗金英雄活跃在市井传唱之中。

梁姑娘这种巾帼不让须眉的人物，放在哪朝哪代都足以让人津津乐道。

明人张四维就写下了韩世忠与其妻梁氏的剧本《双烈记》，讲述这对侠侣相知相遇，共同上阵杀敌的英雄故事。这本《双烈记》中提到一句“奴家梁氏，小字红玉”。

自此梁红玉这个名字便从史书的寥寥数语之中鲜活了过来，承载了一个流芳百世的巾帼英雄的形象。

二

如果要为梁红玉写个人简介的话，倒十分困难，因为她的信息几乎是一片空白。其生卒年不详，籍贯不详（有说是在淮安，也有说在池州），就连名字也不详，只留下个姓氏。

传闻梁红玉出生于一个武将家庭，其祖父和父亲都是武将出身，梁姑娘自幼便随父兄习武，练就了一身好本事。

宋徽宗宣和二年，方腊起义。方腊就是《水浒传》里面导致梁山大半好汉折损之人。

梁红玉的祖父和父亲在平叛方腊时因贻误战机，战败后被处死，梁家从此家道中落，罪臣之后的梁红玉于京口充妓。

这种开头在古代并不罕见，因家道中落，沦落风尘的女子数不胜数。

在这一行能出名的，约莫都长相出众且自身素质出挑，如拥有能歌善舞、文采斐然、精通诗画等技能。由她们触发的剧情也充满了风花雪月的味道，常见套路是某名妓与文人雅士、达官显贵、风流浪子，在诗词歌舞等艺术交流下成就一段凄美佳话。

她们的结局也是大同小异。普通一点的嫁人为妾，命好一点的家庭和谐（如聂胜琼）；命不好的，要么惨遭虐待（如鱼玄机），要么被人抛弃（如寇白门）。她们中有郁郁不得善终的（如卞玉京），有卷入权谋政斗中成为牺牲品的（如绿珠），也有在家国动荡中漂泊流离，最终香消玉殒的（如董小宛、陈圆圆）。

历史上的这些名妓，不论她们的故事被书写得如何曲折离奇，大部分都难离悲凉的基调，卑微的出身注定了红颜薄命的结局。

从命运的角度来说，梁红玉差不多配全了一个凄美悱恻的爱情故事的女主设定。

《双烈记》中对她的形容是："莲脸星眸，蛾眉蝉鬓，窈窕身躯，温柔情性。最善吹弹歌舞，更精翰墨丹青。一时豪贵英贤争赏。"

虽然存在一定的艺术加工成分，但尚在合理范畴当中，从这位奇女子后来的所作所为来看，她的基本素养不会太差。

不过这个身世凄凉、容貌昳丽、才华横溢的古代言情女主身上还自带了另一个设定——她是个武学高手。

于是梁姑娘从一众弱柳扶风、身娇体软的古代言情话本美人主角中脱颖而出。沦落风尘、才色双绝的女主众多，可是天生神力，能挽强弓且百发百中的女主就比较少见了。

这般强悍的本事让她有底气对那些纨绔子弟白眼相看，一定程度上，梁红玉获得了主动权。

虽然她入了教坊，地位低下，但她的行事作风压根就不像个教坊女子，毕竟有这一身本事，要是真有人欺压她，她约莫能把别人头都打掉。

故事的走向开始逐渐有趣起来。

宣和三年（公元 1121 年），童贯平定方腊起义，班师回朝。

历史上平定方腊起义并没有《水浒传》里面描写的那么义薄云天，慷慨悲歌，实际上平定方腊起义的不是宋江，而是《水浒传》里面那个溜须拍马的“六贼”之一童贯，生擒方腊的既不是鲁智深也不是武松，而是韩世忠。

童贯等人班师回朝路过京口时，梁红玉随教坊众人入席侍乐。言情小说里，男女主的相遇总是伴随着微妙的契机，让他们能在人群中一眼看见对方。

梁红玉触发了这个契机，平乱归来，一群人在宴席间开怀畅饮，喝得正嗨，只有韩世忠一个人寂寞如雪地喝闷酒。画风迥异的韩世忠很快就吸引了梁红玉的注意。

韩世忠大概也没料到，教坊里竟会有这等可开二十石弓，射二百步而箭无虚发的奇女子，当真是特立独行、毫不做作。

一来二去，两人就有了交集。韩世忠是武将，而梁红玉又能打，试问谁能拒绝一个又美又飒，干起架来毫不手软的小姐姐。

两人惺惺相惜引为知交，这段别具一格的言情故事的结局很圆满，英雄美人终成眷属。

关于梁红玉和韩世忠的相知相遇，宋人罗大经所著的《鹤林玉露》中也有提及：梁氏某一日凌晨入府，准备侍奉大朝会之礼，忽然看见门前的柱子底下有只老虎在酣睡，惊骇之下匆匆走出，不敢言语。后来折回看时才发现那只沉睡的老虎是个士兵，于是便问起那人的姓名，那人回答叫韩世忠。

她回去之后心中诧异，悄悄告诉母亲，说这人定非凡人，便邀请韩世忠到家中饮酒做客，彻夜长谈后，资助了金帛钱财，与其结为了夫妇。

后来韩世忠果然屡立战功，成为中兴名将，而她也被封为两国夫人。

故事的虚实虽不可考，但这也说明了一件事情：梁红玉眼光毒辣，一眼相中韩世忠，而事实证明，韩世忠也确非池中之物。

正因为梁红玉选择了韩世忠，她人生的剧本才从才子佳人的闺阁话本，彻底转变成赤胆忠心的家国演义。

三

提及梁红玉，定然要说到韩世忠。梁红玉在史书上以“韩世忠妻”的身份出现，她在《宋史》中仅有的记载与韩世忠密不可分。

韩世忠这个名字对很多人来说或许有些陌生，这么说吧，南宋和他齐名的另一位抗金将领是家喻户晓的岳飞。

韩世忠与岳飞、张俊、刘光世合称“中兴四将”，他和岳飞一样，都是奋战在抗金前线的将领。

韩世忠此人骁勇善战、胸藏韬略，一生功绩无数，为人刚正不阿。岳飞被秦桧陷害时，满朝文武皆不敢言，只有他站出来质问秦桧，从而引发了秦桧那句遗臭万年的“莫须有”。

宋孝宗时期，韩世忠被追封为蕲王，宋理宗时期被列为昭勋阁二十四功臣之一。

韩世忠的历史评价极高。

《宋史·孝宗本纪》中记载：“淳熙三年二月，赐韩世忠谥曰忠武。”

《忠武王碑》中记载：“上益励精行健，冀大有为，闻鼙鼓而思勋臣，于昕夕不忘。乃二月甲午，制曰：‘韩世忠感会风云，功冠诸将，可特赐谥忠武。’盖太师韩蕲王之薨之葬，至是已二十有六年，而褒宠益光，遂与汉丞相亮、唐汾阳王子仪同谥。宸奎内出，不由有司，中外伟之。”

谥号是由后人根据前人一生德行事迹做出的评判，韩世忠的谥号是“忠武”，足以见得其功勋卓著。

能得到“忠武”这种程度的评价，在历史上都是赫赫有名的大佬，如蜀汉丞相诸葛亮、唐代汾阳王郭子仪，同时期获得该谥号的还有岳飞。

南宋名相张浚尤称韩世忠之忠勇，岳飞之沉鸷，可倚以大事。陆游也写诗道：

“堂堂韩岳两骁将，驾驭可使复中原。”

自己人称赞倒也罢了，就连《元史》都记载：“天下安危之机也，勇略忠义如韩世忠而为将，是天以资宋之兴复也……高宗惟奸桧之言是听，使世忠不得尽展其才……宋有世忠而不善用，惜哉！”

能让敌人都惋惜钦佩，当是大忠大义者。

封建时代的女子，婚姻于她们人生起了决定性的作用。

无论她们的才学多么出众，礼教和婚姻就像一把枷锁，牢牢地束缚了她们，话本戏台里的故事再怎么哀婉动人，所托非人带来的悲剧也无法改变。

所幸，梁红玉选择的是一位忠勇之士，尚且不至于走向哀怨凄冷的结局。

这位豪迈女子的人生势必会绽放出她自己的光芒，而这个时机出现在宋高宗建炎三年。

靖康二年，惨痛的“靖康之耻”使得二圣被俘。高宗赵构在南京即位，改年号建炎，开启了南宋的篇章。

赵构原本是个闲散王爷，被这场家国之变一下推到了风口浪尖。但他没有做好改善危局的准备，即位之后一直无所作为，还宠幸以王渊为代表的奸人，致使民愤四起。

王渊等人的专横跋扈、横行霸道在骆驼背上压下了最后一根稻草，高宗护卫军中的苗傅联合刘正彦谋反，意图逼高宗退位，让其禅位给年仅两岁的太子赵旉。

当时韩世忠、张俊、杨存忠、刘光世这几个重将都镇守在其余要害之地，碰到赵构这种拎不清的皇帝，苗傅想反简直轻而易举。苗刘二人逼退赵构，强行让隆裕太后临朝执政。

赵构退位后，苗刘二人也暂时把持了朝政，不过很快张浚在平江起兵，韩世忠和刘光世也先后抵达平江。

苗傅和刘正彦都慌了神，韩世忠、刘光世这些人重兵在手，与他们压根不是一个重量级别。苗傅忽然想起韩世忠的老婆孩子还在秀州，立刻扣了当人质。

关键时刻宰相朱胜非灵机一动想了个办法，他跟苗傅讲，不如让韩世忠的老婆梁氏和儿子韩亮去劝说韩世忠归降。苗傅的脑子也不太灵光，居然就天真地同意了。

隆裕太后召梁氏入帐，拉着她的手就是一通泪如雨下，情真意切地感叹家国艰难至此，让她速速传令韩世忠前来勤王救驾，并当场封她为“安国夫人”。

该任务干系重大，一旦出了差错，宋朝宗室约莫就交代在秀州了。梁夫人虽然没干过特工，但心理素质绝对过硬，在临危受命的紧急时刻，她展现了超乎常人的冷静，领完谕旨之后立刻骑马飞奔出城。

要在敌人的眼皮子底下把消息传递出去，凶险异常，万一苗傅反应过来，那他们就完了。

偏偏不巧，梁红玉在半路上又遇到了苗傅的弟弟苗翊，当她察觉苗翊并非善类后，立即加快速度，纵马飞驰一天一夜，与韩世忠会面，传达了太后旨意，并且一五一十地陈述清楚利害关系。

韩世忠果断发兵平叛，两口子又带兵杀了回去。

这一趟简直是身体素质与心理素质的双重考验，梁红玉凭借过人的胆识成功完成了任务。

这就是历史上著名的传召平叛，也是宋史中关于梁夫人的首次记载。

叛乱平息之后，宋高宗赵构不禁感叹：“智略之优，无愧前史。”于是赵构又追封她为护国夫人，并且还开了特例，给予梁红玉朝中俸禄，开创了功臣之妻领俸的先河。

在宋代这种限制女性干政的历史大背景下，梁红玉成为开国以来第一个光明正大地从朝廷手里领工资的功臣女眷。

宋高宗给予的殊荣，这位勇敢过人的梁夫人当之无愧，大概连梁红玉自己都没有想到，半年之后，她将迎来她人生的高光时刻。

四

建炎三年十月，金兀术率军十万南下，一路势如破竹，直接打到了临安门口。

敌军已然兵临城下，但高宗的行为却令人无语。他即位以来，别的本事没有，跑路比谁都积极。眼看着金兵打到跟前，他又开始跑路，从杭州跑到明州，又从明州往海上跑。总之，他不是在跑路，就是在准备跑路的途中。

皇帝可以跑路，但他身后的万千百姓却苦于战乱。在金兵的肆虐之下，江浙一带一时间激起无数反抗声讨的浪潮。

梁红玉心痛眼前境地，对韩世忠说："国家已失河北、山东，若又弃江淮，更有何地？"

梁红玉的愤怒可想而知，若一味地退让逃跑，山河尽丢，国家将真的灭亡。可恨堂堂的皇帝赵构，竟不如一位傲骨铮铮的将臣之妻。

韩世忠将梁红玉此番话向上进言后，便被任命为浙西制置使，把守镇江。

金兵都是精锐部队，金兀术下令分道渡江。宋军战斗力不行，节节败退，韩世忠只能从镇江撤退到江阴，布局前军驻青龙镇，中军驻江湾，后军驻海口，等待金兵回撤的时候进行围剿。

当时金兵已经南下抢掠了一大波，致使讨伐声四起，金兀术也不是傻子，抢完了见好就收。

金兵到的时候，韩世忠的部队已经屯扎在焦山寺。金兵那边派人约战，韩世忠应战，双方战斗一触即发。

到了开战的那一日，金兵并未将韩世忠大军放在心上，因金兵已经在江浙烧杀抢掠好几个月，韩世忠的军队在士气和战斗力两方面，都不如金兵。再加上此时金军归心似箭，准备北渡长江，一门心思想着打回去，所以金兀术才敢直截了当地下战书。

只是金兵没想到，这个他们以为轻而易举就能攻下的军队，比他们想象的要难打得多。

两军舟师在南京附近的黄天荡展开激战，史称黄天荡之役。

《宋史》记载："战将十合，梁夫人亲执桴鼓，金兵终不得渡。"

短短一行字证明了梁红玉在这场战斗中起到的重要作用。

战场击鼓是一个掌控全军士气的关键性行为，《左传》中的曹刿论战已经诠释了击鼓的重要性："夫战，勇气也。一鼓作气，再而衰，三而竭。"实际上，击鼓控制的是作战的节奏，什么时候进攻，什么时候冲锋，是将领对整个战场大局的把控。

由此可见，梁红玉在作战方面是个不可多得的将才，她不仅武艺高强，心思缜密，还拥有军事作战中极为重要的敏锐头脑和独到眼光。在她的指挥之下，大军一扫敌强我弱的颓势，十几次击退金兵，使得其迟迟不能过江。

相对于《宋史》的记载，《英烈夫人祠记》中对这一段的描述更详细一些："两军初合，金军矢密如雨，世忠军稍却。梁氏去铁铠，掷兜鍪，锋矢不避，亲执桴鼓，于是士气大振，金兵终不得渡。败至黄天荡死港。"

一个冒着箭雨，在战场上悍不畏死，击鼓号令千军奋勇杀敌的女将军形象跃然纸上。

《宋史》中对梁夫人亲执桴鼓不过一句概括，引起了后人无限的想象，这一段也被后世在各种话本戏文中进行反复的创作。

例如《双烈记》中，梁红玉请战："元帅，今日之战，非比等闲。一则有长江天堑之险，二则有元帅甲兵之勇，擒之甚易，不可错过。迎还二帝，恢复中原，在此一举耳。妾亲执桴鼓，大小三军，不许轻退，违令者以军法从事。"《双烈记》中的唱词慷慨激昂，壮气凌云。

《说岳全传》中"梁夫人击鼓战金山，金兀术败走黄天荡"这一章的描述也是生动至极。"夫人即便软扎披挂，布置守中军的兵将。把号旗用了游索，将大铁环系祝四面游船八队，再分为八八六十四队……自己踏着云梯，把纤腰一扭，莲步轻勾，早已到桅杆绝顶，离水面有二十多丈。看着金营人马，如蝼蚁相似；那营里动静，一目了然。江南数十里地面，被梁夫人看作掌中地理图一般……”

这些艺术创作尽管有想象的成分在，却无不彰显着当日黄天荡上执鼓号令的梁夫人是何等的英勇豪迈。

相比勇猛无比的梁红玉，金兵此刻却焦头烂额。他们怎么都没想到会碰上这么个硬骨头，金兵已经在江浙滞留太久，后勤补给跟不上，再继续打下去对他们极为不利。

金兵只能选择求和，先是承诺将这一路打劫来的东西归还给他们，韩世忠这边理都没理；然后又试图进献名马，韩世忠还是没搭理。

烧杀抢掠，坏事做尽，你说求和就求和，给你脸了？韩世忠跟梁红玉做好了死磕下去的打算。

黄天荡一战，整整持续了四十八天。最终金兵借着小舟的优势逃脱。

黄天荡之役尽管以失败告终，却是一场打破颓势，鼓舞士气的战役。宋金对抗，宋军首次占尽优势，这场战役虽然并没有将金兵彻底消灭，但在一定程度上起到了震慑金人的作用，致使金人不敢轻易南下，为南宋争取了喘息的时间。

韩世忠无疑是这一场战役的功臣。

只是没人想到，梁红玉会在黄天荡战役结束后，上疏朝廷，弹劾韩世忠“失机纵敌”，请求朝廷加罪。

梁氏此举，震惊朝野。

首先她状告的是自己的丈夫。按照宋朝制度，女子告发丈夫是要坐牢的，参考同期李清照和张汝州离婚，即便李清照运气好，有人帮忙说话，她也在牢里待了好几天。

其次，梁红玉状告的还是在黄天荡一战中重挫金兵、名扬天下的韩世忠。

从黄天荡之役的结果来分析，其实不难看出梁红玉为何如此愤怒。

韩世忠的战略布局出色，在敌强我弱的局面下，利用长江天堑的地势，困住金兵，宋军占据了极大的优势。可在这种情况下，因为战术失误，导致金军利用火攻突围成功，宋军前功尽弃。

在梁红玉看来，这原本是一场可以大获全胜、一雪前耻的战役，最终带来的却是如鲠在喉的意难平。

客观来说，黄天荡之役数胜一败，给整个南宋带来的影响也是积极的。韩世忠在这场战争中立下功劳，梁红玉身为韩世忠之妻，与他是一体的，一荣俱荣，一损俱损。

若是寻常夫妇，纵然抱憾，也会站在丈夫的角度宽慰，而梁红玉的举动称得上是大义灭亲了，不仅没有邀功，反而请罪。

她是真的愤怒，这种愤怒超出了个人的情感，她心中挂念的是更高远的家国。金兵践踏大宋的山河，犯下无数血债，国恨家仇未能报，正如岳飞那首著名的《满江红》所唱："靖康耻，犹未雪。臣子恨，何时灭。"梁红玉的心情怕是与岳飞如出一辙。

如此心胸，举国上下大为震动。朝廷感其义举，加封其为杨国夫人。

以女子之身而得两国者，唯梁氏一人也。

五

绍兴五年（1136 年），宋高宗计划振兴楚州，于是让韩世忠任武宁安化军节度使、京东淮东路宣抚处置使，去建设楚州。

经过连年战乱，楚州已经一片荒芜。此次梁红玉随任，这对夫妻在楚州建立军府，热火朝天地开启了楚州副本。

梁红玉虽然已经是两国夫人，荣耀加身，但做起城市建设来一点架子都没有，开荒过程中她吃苦耐劳，深入群众。

她和普通士卒一起干活，同甘共苦。没有地方住，她就亲自动手用芦苇编房子；没东西吃，就带着人去漫山遍野挖野菜。安抚流民，振兴工商业，促进城市发展，梁红玉身兼数职，她任劳任怨，堪称劳模典范。

不过楚州这个副本不是一般的种田游戏，除了民生工程之外，城防建设项目更是至关重要。金人还在虎视眈眈地盯着，建设城市之余，梁红玉还得练兵。

梁红玉手下曾训练了一支“娘子军”，战斗力爆表。梁红玉领着这支军队数次击败金兵，令金人闻风丧胆，威震四方。

韩世忠镇守楚州十年，金人不敢犯，这背后跟梁红玉的付出脱不了关系。

历史上关于梁红玉的史料记载不多，大都跟韩世忠的史料相关，这位巾帼英雄的生平也无处考证。

关于梁红玉的结局，也是众说纷纭。

据《建炎以来系年要录》记载：“淮东宣抚使韩世忠妻秦国夫人梁氏卒，诏赐银帛五百匹两。”根据时间线来看，韩世忠到楚州五个月之后，梁红玉就去世了。而《宋史》中则记载，绍兴六年，梁红玉还在楚州身体力行地搞建设。

《淮阴市志》记载，梁红玉和韩世忠在楚州镇守了十余年，因为岳飞被迫害，韩世忠愤然之下辞官归隐。这个结局就有点扯了，这种归隐避世的大团圆结局基本都是戏文套路，主要是为了满足广大群众的美好期盼。

关于梁红玉的死因，战死和病死的说法流传得比较广。

后人所撰写的《杨国夫人传》中，就绘声绘色地描述了梁红玉战死的过程。

梁红玉遭遇金人埋伏，无法突围，受伤之后，她用汗巾包裹伤口，血渗透重甲，但仍对左右说：“今日得报君恩。”最终她在乱箭之中力战而死。金人曝其尸于市三日，金兀术听说后，感慨梁红玉的忠勇，收敛了她的尸体，归还给韩世忠。

这一段野史的描写也有些夸大其词了，整个情节发展颇有演义小说的味道，硬生生把梁红玉写得像个超人一样。不过梁红玉战死的可能性很高，她常年作战在抗金第一线，马革裹尸，殉节报国是最为合理的结局。

不论梁红玉结局如何，她的人生在滔滔的历史洪流中已经悄然落幕。

宋代受节烈观影响，史书上并未对梁红玉这样英勇杀敌的女子做出太多的描述，也没有为其列传，梁红玉甚至连个本名都没有留下来。

但她短暂的一生，却留下了辉煌的传奇。她的故事在众口相传中熠熠生辉，纵使史书无名，也难掩她的无双志勇和万丈豪情。

一如梁红玉祠联所言：“也是红妆翠袖，然而青史丹心。”

LIANG HONG YU 梁红玉

人物资料卡

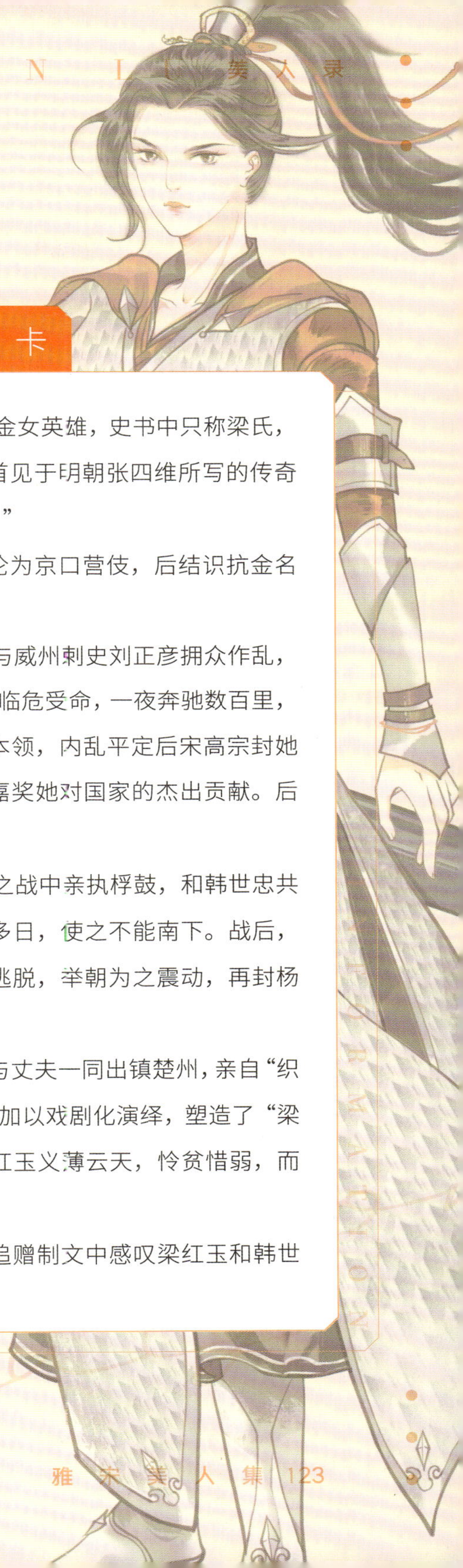

梁红玉（生卒年不详），南宋著名的抗金女英雄，史书中只称梁氏，“红玉”为后世野史和话本中杜撰之名，首见于明朝张四维所写的传奇剧本《双烈记》：“奴家梁氏，小字红玉。”

传说梁氏原为名将之后，家境败落后沦为京口营伎，后结识抗金名将韩世忠，两人结为夫妻。

建炎三年（1129 年），御营统制苗傅与威州刺史刘正彦拥众作乱，强迫宋高宗让出帝位。同被困在宫中的梁氏临危受命，一夜奔驰数百里，传召韩世忠平叛，体现出了过人的勇气和本领，内乱平定后宋高宗封她为安国夫人和护国夫人，并被赐爵禄，以嘉奖她对国家的杰出贡献。后世功臣妻给俸制度，便是自梁氏始。

建炎四年（1130 年），梁氏于黄天荡之战中亲执桴鼓，和韩世忠共同指挥作战，将气焰嚣张的金军拦截江上多日，使之不能南下。战后，梁氏上书弹劾韩世忠错失战机，致使金军逃脱，举朝为之震动，再封杨国夫人。

梁氏与韩世忠共赴沙场，同甘共苦，又与丈夫一同出镇楚州，亲自“织薄为屋”。后世为纪念梁氏，将其生平事迹加以戏剧化演绎，塑造了“梁红玉”这一巾帼女将的形象。戏剧中的梁红玉义薄云天，怜贫惜弱，而又忠勇无双。

梁氏去世后被朝廷追赠为邠国夫人，追赠制文中感叹梁红玉和韩世忠“富贵莫终于偕老”。

少年不识愁滋味，爱上层楼。爱上层楼，为赋新词强说愁。

而今识尽愁滋味，欲说还休。欲说还休，却道天凉好个秋。

——南宋·辛弃疾《丑奴儿·书博山道中壁》

Ji 风俗记

FENGSUJI

帝王心事，兴亡过眼

FASHION BEAUTY

本书独家辑录《宋徽宗的秘密日记》，从少年热血到被俘北上，这位宋朝最具才情的皇帝究竟经历了怎样的心路历程？快来围观宋徽宗的别样成长史。

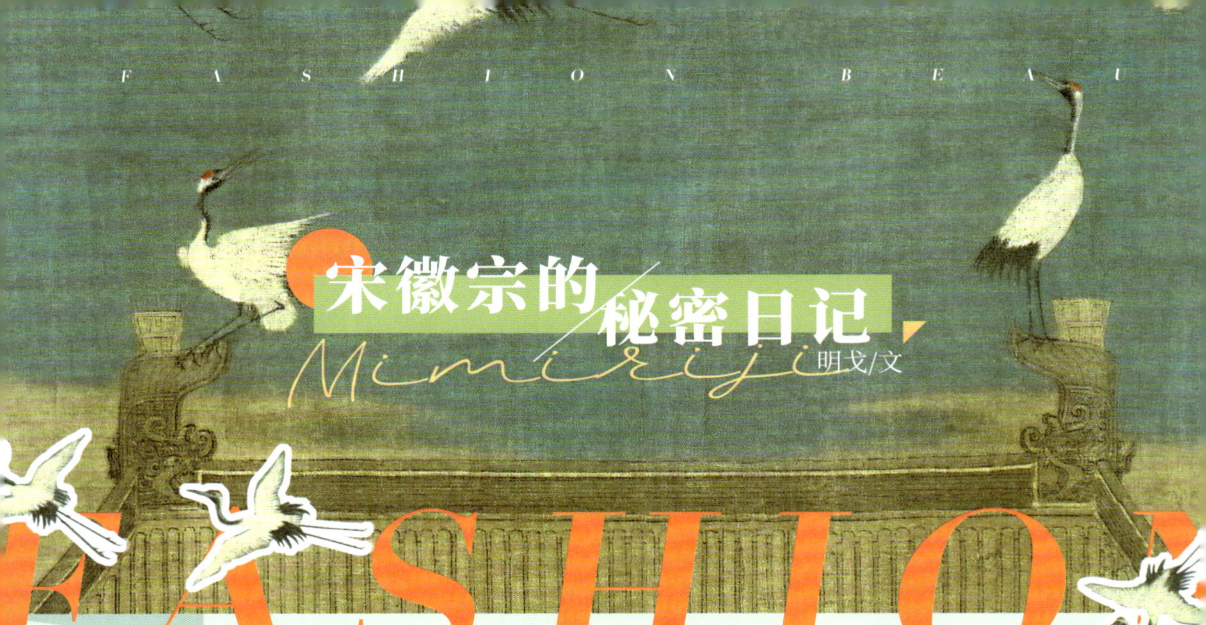

宋徽宗的秘密日记

Mimiriji

明戈/文

《晴天霹雳》

1100年 2月

晴

我竟然当皇上了……嘤!

早就让我哥宋哲宗多学学我，没事多玩玩蹴鞠，既活络筋骨又强身健体，可人家偏偏就是不听。结果怎么样？到底因为“故冬以来，数冒大寒”，得了场感冒，去了。

我哥这一凉，可苦了我。正常来说皇位应该是轮不到我的，因为我本来竞争力就不怎么强。但也不知道他们几个大臣和太后怎么商量的，偏偏选了我。

继位旨意来的时候，我这个阳光大男孩正在蹴鞠场上挥洒汗水呢，结果莫名其妙就被抓来当皇上了。别误会，没有故意炫耀的意思，当皇上也就是听起来酷，其实翻译过来就是——我这个潇洒享乐的王爷，要变成上下班打卡的打工人了。

今天进宫的时候，我还无比悲痛地抱着我的球。宰相章惇看了看我和球，冷嘲热讽一句：“端王轻佻，不可以君天下。”

我听后不仅丝毫不难过，甚至想拉住他的手：“哥们，你说得对啊！”

其实我不想当皇上，一方面是放不下安逸生活，另一方面也是考虑到自己出生的时候不太吉利。

我妈怀我的时候，我爸曾去看过李煜的画像，还倍儿喜欢人家的艺术家气质。我妈生产之前，也梦到过李煜来访。所以自从我渐渐长大，开始展露艺术方面的天赋后，人家就都说我“生时梦李主来谒，所以文采风流，过李主百倍”。文采倒是随他了，别的呢？

李煜是谁？亡国之君啊！

这不完犊子了吗？

《是男人就得支棱起来》

1100年 3月

晴

2

FASHION BEAUTY

当皇上的这一个月，我的心态有了很大变化。

从前只觉得做君王不自由，耽误我玩。可等我真的身处这个角色了，才意识到肩上的责任有多重。

我不仅要对自己的人生负责，更需要对整个天下，对千千万万的黎民百姓负责。

所以管他出生时候吉不吉利，我命由我不由天！

《夸夸自己》

1102年 2月

晴转多云

距离朕当皇上，已经两年了。

这两年来，朕勤俭节约，艰苦朴素。比如殿上的龙椅太过奢华，维护起来特别烧钱，于是朕当机立断，把它换成了简约版。

除此以外，朕还励精图治。对于不同派别，朕中正公允。面对逆耳忠言，朕也从谏如流。

可以说，朕做到了不管话难听与否，只要他们敢提，朕就敢改。

“其言可用，朕则有赏；言而失中，朕不加罪。”

众所周知，朕是个好踢球、好书画，文体两开花的优秀才俊。所以朕为了画花鸟能更加生动，就在宫中养了不少稀罕鸟儿。可前阵子竟然有大臣进言，说朕养鸟属于玩物丧志。

问题是朕玩它了吗？这明明就是科学观察啊！

但没办法，作为一个明君，人家既然提了，朕就要好好采纳。于是隔天，朕就含泪把这些绘画模特们都放生了。

还有一次，给事中陈禾来找朕谈重用宦官的事。因为说得挺对，朕也就虚心听着。

可他未免也太能说了，那嘴像租来的一样，整整白话了一上午，朕都要饿晕了，他还没停。后来朕实在受不了了，于是打算先去吃点饭。没想到一个起身的工夫，他竟然一把拉住了朕的龙袍，“刺啦”一声就把朕的袖子给薅下来了。

当时大殿一片哗然。不过朕倒是没生气，只是在心里默默想：这家伙手劲这么大，不应该当言官，应该当兵去啊。

后来陈禾见朕未怒，便道："陛下不惜碎衣，臣岂惜碎首以报陛下？"

朕听了也很感动，回他道："卿能如此，朕复何忧？"

后来这件事传出去，大家都夸朕是明君。

要问朕怎么看，朕觉得：大家说得对 。

《发现一个好帮手》

1102年 5月

晴

FASHION BEAUTY

近日，朕天天想着新政的事，这事朕的父皇与皇兄都未能成功实施，现在又落到了朕身上。正当朕愁苦万分时，朕的贴身秘书邓洵武交给了朕一纸卷轴——《爱莫助之图》。

那图分左右，分别是新党与旧党的人员名单。旧党那侧官员从大到小，足足一百来号人；新党那侧却只有寥寥数人，高官一栏更是只有温益一人，还是个墙头草。

怪不得叫《爱莫助之图》，朕不禁直拍大腿。没有臂膀的真龙天子，就是条泥鳅。

朕正烦着，邓洵武轻步走了过来："陛下乃神宗之子，宰相韩忠彦乃韩琦之子。今韩忠彦变更法度，乃子承父志，陛下贵为天子，反倒不能继承。"

朕发问："卿认为谁能代替韩忠彦？"

邓洵武回答道："蔡京。"

蔡京这个人，朕还是端王时候就听说过，字写得那叫一个漂亮，名声比米芾都大。

等后来朕看了几幅他的字，果然名副其实，字迹飘逸洒脱得一下子就击中了朕的心房。

如今再听到他的名字，朕只觉热泪盈眶，瞬间让朕想起了自己想当艺术家的初心。

所以朕昨日招他进宫，这蔡京看着一表人才，说话也深得朕心，朕当场便决定提拔他。而且既然他这么棒，家人估计也错不了，朕也要重用封赏。

蔡京诚惶诚恐，还推脱了一番。

朕拍了拍他的肩膀。

出来混要讲信用，说帮你全家就帮你全家。

《不忘初心》

1102年 7月

多云

自从认识了蔡京，他就经常给朕进贡些奇珍异石、名家字画。朕看着喜欢得不得了。

可这些个大臣们看得严，朕就算下了班，也没多少休息时间去把玩它们。

直到那天，蔡京提出了一个理论——丰亨豫大。意思就是在这样一个人民富足、国家安定的盛世里，朕就活该吃喝玩乐、策马奔腾，这是天意。

朕还没琢磨完有没有道理，这日宫里举办宴会，又发生了这么件事。朕想用玉杯喝酒，但怕大臣们说朕挥霍，于是朕下意识地收起来了。

就在这时，蔡京站出来说："连辽国皇帝都能用玉杯，我们大宋的皇帝怎么不能？难道要让他们耻笑我们用不起吗？再说了，皇帝贵为天子，就应该享受这些。这叫惟王不会。”

朕听了简直热泪盈眶，终于有个人想起来朕是天子了。

而且朕也不觉得这是在奉承，因为这话本就出自《周易》，那是有正经来源的。其次，朕先前的自我定位就不对，怎么能把自个儿当成打工人呢，朕明明应该是老板。

仔细想想，普天之下，哪有老板吭哧吭哧干活的？不都是员工们出力干活吗？

还是阿蔡懂朕，不愧为朕的心腹。

自从那日想通了这件事，朕整个人就无比轻松。毕竟朕的灵魂一直是个艺术家，不过是被皇帝的身份封印了。

这样一来，朕就又可以做回那个丹青手了。想到这，朕不由有些被自己感动，这也算是不忘初心吧。

进宫数年，归来仍是少年。

《朕有自己的画院啦》

6

1104年 4月

晴

FASHION BEAUTY

今天是个好日子，朕的宣和画院正式成立了！

朕一直以来都有个愿望，那便是为全天下善丹青的天才们创造一个优良的学习环境和发展平台，打造一所全方位立体化的专业院校。

不仅如此，朕更要亲自出考题，亲自监考，亲自批卷。等考试结束，朕还要当教授，亲自授课。

虽说过程繁复，但朕一点都不嫌麻烦。毕竟只要是关于绘画的事，那就是大事。

花再多心血，再多钱银都值得，毕竟这些东西就是要花在刀把上……

呸，刀刃上。

《优秀考生实录》

1114年 4月

多云

朕的画院已经成立好多年了，前不久刚刚结束了新一届的考试。

这次考试同往常一样，分为六科：佛道、人物、山水、鸟兽、花竹、屋木。考试形式通常是朕选一句诗，考生们根据命题绘画。在这个过程中，朕既要看他们的专业课是否过硬，又要考察他们的巧思创新和审美内涵。

以下几个便是朕选出来的满分试卷。

1.“踏花归去马蹄香”

这道题虽然看起来意象很少，仿佛不用画什么，但独独这个“香”字最难表现。于是有的考生在地上画了花瓣，有的干脆在远处画了座花园，但朕认为这都不是最优解。直到有张考卷是马蹄旁飞着几只蝴蝶，朕才一拍大腿，就决定录用你了。

2.“竹锁桥边卖酒家”

朕出这道题，就是想考考他们怎么画这个“锁”。毕竟如果要用绘画来还原诗词的韵味，需要作画者有极妙的巧思，而一位叫李唐的考生是这么画的：

溪水蜿蜒曲折，小桥横卧溪上，一旁的竹林繁茂，翠色如烟。竹叶掩映中有一面酒旗，迎风飘扬。他虽然没画出酒家，但几个意象组合起来，含义已昭然若揭。于是朕钦定他为第一名，决定好好栽培他。

3.“蝴蝶梦中家万里，子规枝上月三更”

这道题的难度也不低，主要考的是由“蝴蝶梦”“子规”“明月”组合表达的思乡之情。这次朕选中的榜首叫王道亨，他的画上描绘的是正在假寐的苏武。北海冰天雪地，凄凉肃杀，远离故土的苏武正在漫天飞雪中入梦，梦中正是故国模样。整幅画孤独清冷，那种再无法回到故乡的悲凉令朕的眼眶都有些湿润。朕不禁想到，若是自己被迫流落异国，那该是何等忧苦悲痛？

这些优秀画作都被朕好好地珍藏了起来，遇到的好苗子朕也定要手把手地栽培。

但朕做的还不够多，还没有给这些未来的书画大家们更广阔的天空，所以仍需要继续努力。

朕愿在此立下flag——只要朕还是皇帝一天，就会一直做一棵参天大树，庇护大宋的书画艺术。

（PS：真希望那些说朕“躺平”的人好好睁眼看看，有这么鞠躬尽瘁的“躺平”吗！）

《雏鹰展翅》

1119年8月

小雨

朕太开心了！这些年的努力没有白费！

最开始发现的苗子王希孟已经画出了《千里江山图》。

后进画院的张择端，正在绘制《清明上河图》。

朕看着这些学子羽翼渐丰的样子，甚感欣慰。

不仅他们在进步，朕也在不断学习。比如朕正在专心创造一种新的字体，笔锋瘦劲，如屈铁断金。名字还没想好，不过这不重要，艺术创造的过程才重要。

《烦》

1120年 10月

大雨

朕已经不理朝政许久了，还以为蔡京他们帮忙管理得不错，没想到近日各地竟是起义不断，导火索还是因为朕的花岗石。

唉，先前朕想画些异石，还想造一座万岁山，便命蔡京他们帮朕寻寻，没想到竟闹出如此大的动静。

朕……

唉，罢了罢了。

朕还是去画院看看学生们吧。

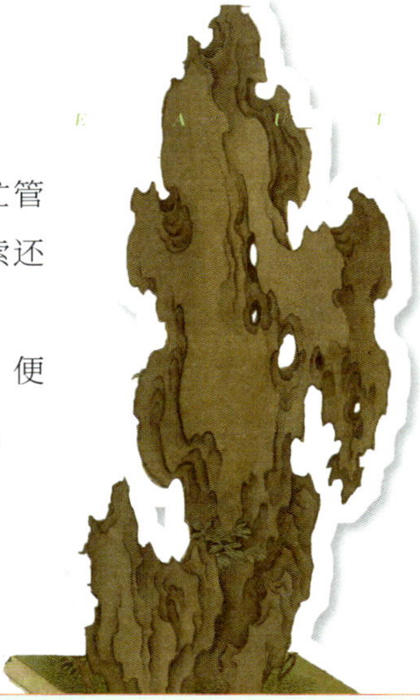

《无题》

1124年 6月

大雨

前阵子，我们的数十万大军攻打燕京又战败了。因此，我们每年要再加付一百万贯钱给金朝。

国事繁多，流年不利，朕真的不知该如何是好。

说点开心的吧，之前选为榜首的李唐近日画了幅《万壑松风图》，这幅画用笔大胆，构图巧妙，看起来浑厚大气，真是幅佳品，朕就知道他能行。

他把画呈给朕看的时候，朕知道他是何意图。

他心中装的是国家，想的是复国大业，所以用笔刚硬，满是刀劈斧凿般的硬朗线条。

朕爱笔墨丹青爱到了骨子里，怎么可能不懂一幅画的灵魂？

《万壑松风图》

只是朕除了夸赞他画得好，别的什么也说不出来。

朕不是不想。

是朕，不能啊……

所有人都夸朕是个全才，诗词歌赋、驾马蹴鞠、书画音乐，无一不能，比李煜还要更胜一筹。

可朕知道这背后的意味。

朕什么都能做得好，独独做不好这一国之君。

《再见，东京城》

1126年12月

大雪

一切都来不及了。

我以为将皇位让给儿子，就能平息民愤挽回人心。可后来我才发现，这片锦绣江山早已千疮百孔，不论我做什么，都修补不好了。

而一切的源头，就是我信任并亲手提拔的那几个大臣——只因为他们给了我自由，重新做自己的自由。

可没想到我做回自己的代价，竟是整个大宋。

悔啊……

金军已经攻了进来，我和儿子也被贬为了庶人。再过不久，我们就要被发配北方。

此时此刻，我忽然又想起那个叫王道亨的画生所作的苏武图。没想到终有一日，我也要如苏武一般，在梦中回望故乡。

听说李唐不肯向金兵低头，还画了《采薇图》以明己志，我果真没有看错他。其实如果我不是皇帝，我们兴许能成为很好的朋友吧。

金兵到时入了大殿，这宫中的黄金美玉定会被洗劫一空，不过我并不在乎。

我唯独舍不得那些字画，它们都是我珍贵无比的宝贝。

呜呼哀哉，呜呼哀哉。

《北行见杏花》

1127年 3月
小雨

12

我们已在发往北方的路上。

今日途中，忽见路旁杏花开放，红得宛如火焰，百感交集中，我作了首词。

“裁剪冰绡，轻叠数重，淡著胭脂匀注。新样靓妆，艳溢香融，羞杀蕊珠宫女。易得凋零，更多少、无情风雨。愁苦，问院落凄凉，几番春暮。

凭寄离恨重重，者双燕，何曾会人言语。天遥地远，万水千山，知他故宫何处。怎不思量，除梦里、有时曾去。无据，和梦也新来不做。”

杏花虽美，终会凋零。就像人生，从帝王到阶下囚，也不过短短数年而已。

我常想在梦里回到故国看一看，闻一闻熟悉的空气，像苏武一样。

可我终究是个戴罪之人，是亡国之君。我自知罪孽深重，不配有这么美好的幻想。

所以故国一次也未踏入过我的梦。

就连那些画也是。

1127年 4月
小雨

13

若有来生，只做无名丹青手，不做帝王宋徽宗。

FASHIO

BEAUTY

雅事集

美人录

风俗记

第三章 舞袖生香

章台柳，昭阳燕。她们生于烟花巷陌，却没有被风尘消磨志气；她们常常被辜负，却折不断一身铮铮傲骨。李师师、王朝云，她们是世人眼中的传奇，命途多舛，却因多情而不朽。

B E A U T Y

Y A S O N G M E R E N J

春宵一刻值千金，花有清香月有阴。

歌管楼台声细细，秋千院落夜沉沉。

——北宋·苏轼《春宵》

FASHION BEAUTY

F A S H I O N B E A U T

ya 雅事集

YASHIJI

FASHION BEAUTY

灯下对酒，浮生偷闲

宋朝女子的三大爱好是什么？当然要数插花、撸猫、吃螃蟹。但什么人可以插花？养猫的聘书怎么写？吃螃蟹都有哪些讲究？想知道这些问题的答案，还请往后看。

插花：老子舞时不须拍，梅花乱插乌巾香

瑶华/文

说起两宋风流，怎能少了鲜花的装点？人们或是于庭院中遍植花木，打造香雾空蒙、明媚鲜妍的院中景观；或是折花插瓶作为清供，为室内平添一份雅趣。自宋代起，花从供奉神佛祭坛之上走向了百姓的日常生活，插瓶的鲜花成了室内陈设的一部分，也成了宋朝人居家生活的习惯。

每当百花盛开的季节，城中大街小巷都能看到卖花人，他们挽着装满鲜花的马头竹篮，用悠扬的叫卖声招徕顾客。不同的节日里，花瓶中插的鲜花也不一样。比如在端午节，家家都要插上应景的栀子花、石榴花、蜀葵花和菖蒲；临近春节的时候，最受欢迎的则是梅花和水仙。即使是平民小户，也要用花来装点房屋。杨万里曾在诗中写道:“路旁野店两三家，清晓无汤况有茶。道是渠侬不好事，青瓷瓶插紫薇花”，勾勒出一幅如诗如画的场景。

当然，古人因为发型的优势，最常见的还是簪花于发，让天然的清香和色彩伴随着行走坐卧，别有一番情调。如今说起插花，似乎是女性专属。诗词里也会体现出鲜花和佳人的相得益彰：“照花前后镜，花面交相映”“美人纤手摘芳枝，插在钗头和凤颤”“掬水月在手，弄花香满衣”……足见古代女子与花相伴之久。

宋代的女子无论贫富老少都爱在发上插花。金玉堂中的闺秀应时插戴四季花卉；山野村姑也会采撷野花充当鬓边的一星点缀；头白如雪的老婆婆也爱在萧疏的银发上插满花朵，仿佛又回到了少女时；连皇后、妃子们也摒弃了珍珠发饰，簪上牡丹才是最靓的小姐姐。

值得一提的是，在宋代，男人也会戴花，且数量和种类不输女子，尤其是官场男人。早在唐朝，就有皇帝给大臣赐花的习惯，但当时只有少数大臣可以得此殊荣，到了宋朝赐花就成了普遍现象。皇帝为百官赐宴时，花是必备之物，就像现代参会人员要佩戴证件一样。

每到节庆之时，大臣、禁军卫士、小吏、教坊伶人都要按照不同的品级在头上戴花，甚至有人戴着用各种花朵组成的“花帽”。有诗形容“牡丹芍药蔷薇朵，都向千官帽上开”，真是一片“花花世界”。宫员们戴花也有追求吉祥的意思，最出名的莫过于“四相簪花”的典故：韩琦、王珪、王安石、陈升之四人曾经共同欣赏一棵同时开了四朵“金带围”的芍药花，随后花被摘下，每人各戴了一朵。奇妙的是，此后三十年里这四人先后都当上了宰相，“金带围”也成了官运亨通的象征。

在这种风气下，不喜欢戴花的人就较为另类。比如司马光，他从小就不喜欢华丽装饰，穿了镶金带银的衣服都会害羞脱掉。在考中进士后皇帝赐宴，所有人头上都插着花，他还不肯戴，别人提醒他“皇帝赐的花不能拒绝”，他才勉强往头上插了一朵。

本朝诗人陆游极其爱花，撰写的戴花诗词较多。

老子舞时不须拍，梅花乱插乌巾香。

尊前作剧莫相笑，我死诸君思此生[①]。

他在头上随意地插满梅花，喝过酒后，完全不按节拍恣意起舞。随后笔锋一转，向同他一起喝酒的友人直抒胸臆：我今日的狂态你们不必相笑，待我死后，愿你们还记得我的清狂！

诗中的豪迈旷达，因“梅花乱插乌巾香”而更添一分清幽的天然情趣。

宋代人的生活，因花而脱俗，因花而缤纷，留给后世一片锦绣记忆。

① 出自宋·陆游《看梅绝句》。

品蟹：蟹肥暂擘馋涎堕，酒绿初倾老眼明①

顾闪闪/文

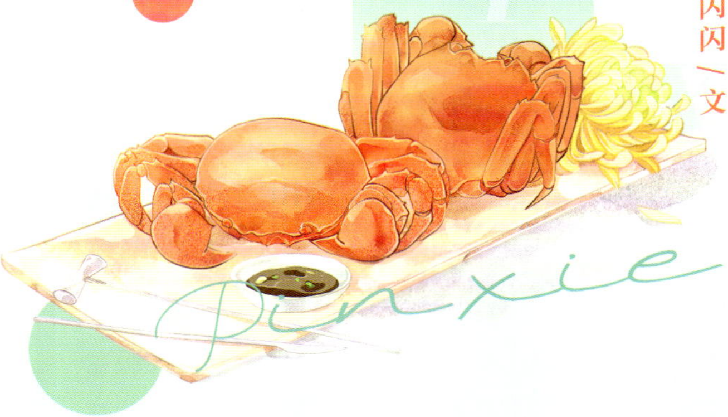

登过高山，学完插花，阁下可能有些倦了，不如到湖边的小饭馆歇歇脚，对着满园金菊，品品膏蟹的滋味。

您可能要问了，吃蟹也能算雅事？在中国古人这里，还真的算。

这一点，从他们给螃蟹起的种种别称就可见一斑。古时，这种八条腿的古怪生物有三种雅称，辞赋大家扬雄管它叫“郭索”，炼丹的葛洪叫它“无肠公子”，宋人傅肱则直接在自己撰写的《蟹谱》中称它为“横行介士”，介士者，武士也。

这一会儿公子，一会儿武士，想不到小小的螃蟹在当时竟还身兼数职。不过“郭索”又是什么意思？扬雄凭什么规定，这普天下的螃蟹竟都要姓“郭”了？

当然不是这么解释的。原来螃蟹腹内皆是膏黄白肉，不见脏器，故曰“无肠”；螃蟹挥舞两只大钳，又有八只硬邦邦带钩子的足，威风横行起来，就像带刀武士，故曰“横行介士”；而“郭索”则是个拟声词，专用来形容螃蟹八只脚走起来发出的碰撞之声。这三个名字全面地概括了古人心中螃蟹的形象，却独独没提及蟹的味道。

要了解蟹的美味，那你还得问“吃货”苏东坡。

经过了千年的传承，“吃蟹艺术”在宋朝到达巅峰，苏轼更是其中的吃蟹大户。他认为，蟹最好吃的做法乃是“微生而带糟”，用今天的话来说，就是“生腌醉蟹”，

① 出自宋·陆游《病愈》。

用酒糟腌过的螃蟹香气沁人，肉质弹牙，吃上一口，满嘴留鲜。正如他在诗中自嘲的那样：“堪笑吴兴馋太守，一诗换得两尖团。”当大文豪有什么意思，哪有大口吃蟹来得快活？

但宋人料理蟹的手法可不只酒糟一种。孟元老在《东京梦华录》中就记载了炒蟹、炸蟹和洗手蟹等多种烹饪方式，更有糖蟹、蟹黄馒头、蟹酿橙等创意菜，不消细说。

不仅如此，宋朝人吃蟹的时节和搭配也很有讲究。俗话说：“秋风起，蟹脚痒；菊花开，闻蟹来”，吃蟹的最好时节在中秋前后，“尝项上之一脔，嚼霜前之两螯”。大美食家苏轼又说了，霜前螃蟹的味道，可与猪后颈处的一小块肉一样，回味无穷，这辈子不可不尝。

不过膏蟹虽好，可不能贪嘴哦！

宋代医书《本草广义》中明确记载：“此物极动风，体有风疾者，不可食。”话虽这么说，但就连宋仁宗赵祯也抵抗不了大闸蟹的诱惑。仁宗少时体寒，又极嗜蟹，螃蟹一吃多了，头晕便秘、咳嗽多痰等各种毛病就都找上来了。但一国之君想顿顿有蟹，非吃不可，还有谁敢拦着？

您别说，还真有。

临朝听政的刘太后：“把碗里蟹黄都给他打翻喽！”

饭桌上骤然少了鲜美的螃蟹，仁宗是吃不好也睡不香，除了在小本本上暗自记仇外，也没别的法子。但这时，一向护短的杨太后坐不住了：“让他吃！让他吃！谁敢亏着我们宝？”

从吃蟹这件小事就可以看出来，宋仁宗从小就生活在一种两极分化的家庭环境中。但两位太后的行为，都有她们的道理。刘太后崇尚精英教育，关注孩子的身体健康；杨太后则更注重孩子的心理关怀，她认为螃蟹那么好吃，多吃几口又不会怎样，堂堂九五之尊连盘中餐都不能自主了，这个皇帝当得还有什么意思？

宋仁宗：“啰唆了那么多，这口螃蟹还能不能给朕吃了？”

好吧各位，今日的雅事就介绍到这里，待到膏满黄肥的时节，大家不要忘记蒸两只螃蟹，品品其中鲜美哦。

聘猫：溪柴火软蛮毡暖，我与狸奴不出门①

顾闪闪/文

大文豪陆游最近有点烦恼。

秋凉多雨，他这几天本来就失眠，辗转醒来，好嘛，放在桌案上的几摞书卷全被老鼠啮咬得一片狼藉。南宋时期，虽说活字印刷术已经被发明出来，但一本书还是很贵的，何况知识无价，书架上还有他亲手写的几千首诗呢！

陆游心中懊悔极了。起初老鼠在啃食家具和果笾的时候，他没有放在心上，直到现在耗子们拖家带口，四处横行，毁坏书册才后悔莫及。如果再给他一次机会，他一定会选择养一只小猫，如果把养猫定个期限，那肯定是越早越好。

这里可不是笔者在玩老梗，《鼠败书》中就记载了陆游的原话“向能畜一猫，狡穴讵弗获？缄縢又荡然，追咎亦何益。惰偷当自戒，鼠辈安足磔。”

说干就干，陆游跟左邻右舍打听了一下买猫的程序，这才知道，在大宋朝，拥有一只小猫可真不是一件容易的事。首先，买卖牲畜签订一封契约书即可，养猫却要专门签一封“聘书”。古人娶妻纳妾，为自己寻求伴侣时，常用到“聘”字，可见猫咪在当时，就已经有了“磨人的小妖精”这种“标签”了。

① 出自陆游《十一月四日风雨大作》。

说到“聘”，自然少不了聘礼。如果是向猫主人聘新生的小猫，就要给主人家送去盐或茶叶；如果是捡回路边的流浪猫所生的小猫，那就要给猫妈妈送一串小鱼干。陆游考虑了一下，听说街边的流浪猫刚生了几只小崽，陆游决定做件好事，以收养代替买卖。于是陆游当天就到市场上买好小鱼，用柳条穿好去认领自己的小猫啦。

值得一提的是，聘书上除了聘礼外，还有对被聘小猫的要求；既然收了人家的小鱼干，就要替人家办事。具体要求有要尽职尽责抓老鼠、不要到处乱跑、不可以偷东西吃……至于猫执不执行，那就是另一码事了。

被聘之猫表示：我又不认字，我只是一只小猫咪呀。

从陆游的众多“撸猫诗”中可以得知，他共养了三只小猫，还给每一只猫都专门写了“冠名诗”。他夸赞第一只小猫是捕鼠能手，为保卫家中书籍立下了大功，还给它取了个名字叫“小於菟”。於菟就是老虎，可见这只猫咪在陆游心中，是怎样威风凛凛的小模样。陆游还总觉得它跟着自己生活是受了委屈，“寒无毡坐食无鱼”，心中十分惭愧。

陆游的其他两只猫分别叫作粉鼻和雪儿，抓老鼠的能力也是一流，只想着掏老鼠洞，从不讨鱼吃，堪称猫中楷模。但除了捕鼠外，在陆游心中，这些“狸奴”还带给了他更珍贵的东西，那就是陪伴。

“陇客询安否，狸奴伴寂寥[①]。”陆游晚年仕途坎坷，报国无门，退居老家山阴后，他满心的苦闷难以排遣，还好家中有几只小猫逗他开心。他安慰自己，不要怀有孤寂的念头，不是还有大狸奴陪着你吗？

陆游很爱自己的小猫，将自己睡觉的毡席分一半给它们，还专门去买了猫类喜欢的“猫薄荷”，是一位相当负责任的“铲屎官”。但他却常常觉得，是这些小猫救赎了自己，还猜想它们是自己前世的旧童子，今生才会来到家里，陪自己终老山村。

① 出自陆游《北窗》。

世间尤物意中人。轻细好腰身。香帏睡起，发妆酒酽，红脸杏花春。

娇多爱把齐纨扇，和笑掩朱唇。心性温柔，品流详雅，不称在风尘。

——北宋·柳永《少年游》

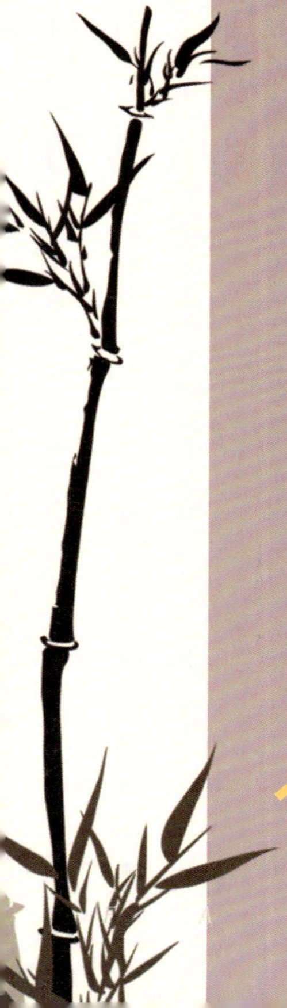

Me 美人录
MEIRENLU

芙蓉如面，秋水为骨

- 国民女神李师师
- 解语红颜王朝云

FASHION BEAUTY

李师师

千古青楼第一流

Li Shi Shi

追求者多

澄清一下

不是绯闻

并刀如水，吴盐胜雪，纤手破新橙。

李师师

千古青楼第一流

JIE AO REN SHENG

秦艽——文

今夜的矾楼与往常一样。

作为北宋东京的七十二家酒楼之首，它三层相高，五楼相向。飞桥栏槛，明暗相通，檐角交错，富丽堂皇。

走不了几步就能在楼阁间看到一幅幅文人骚客们的酒后题字，交错的灯火伴着不时传来的温软歌声与娇俏欢笑，琵琶叮叮作响，恍若一颗颗撞击玉盘的珍珠，开坛美酒香气四溢，直教人闻着便醉得不知西东。

同往常一样，这里欢笑喧闹声不绝于耳。但心细敏锐之人可察觉里外间的细微差异：

廊间奔走着三两个端着白玉酒杯的小厮，他们迈着急匆匆的步伐灵巧地穿过拥挤的人群。

他们常年混迹在这声色犬马的繁华之地，本该油盐不进，此刻却格外局促紧张。他们叩开房门，三三两两散成一团，在李鸨的指挥下布置着房间，格外小心；末了趁其不备时凑在一起偷摸聊着天，悉索几个音漏出，断断续续拼成一句话：

“赵大人，又要来了。”

李师师对发生的一切充耳不闻，她正俯在窗栏上看着楼下来来往往面色殷红的客人。只有在婢女小桃担心她着凉，为她披上一件素色披风时，她才肯缓缓地抬起头，抬眸迎上小桃圆圆的眼睛，露出一个浅浅的微笑。

她与这楼里的姑娘不同。比起那些个连指尖都要涂着丹蔻的姑娘，她显得尤为清冷。

素白的面庞未施粉黛却也细腻得仿若陶瓷，唇上仅浅浅地点着些胭脂，这样浅的胭脂却也将她衬得分外娇艳。她低垂着头的时候，银钗点缀的鬓边滑下几缕发丝弯在她脸颊旁，连弧度都温柔极了。

门庭外传来几声叮当作响的马蹄声，不久便从偏门进来几个仆从模样的人。他们身着黑灰色长衣，那衣物初看平平无奇，细瞧料子却极为考究。

有一人格外显眼。他穿着月白的长衫，腰间别着一块奇特的玉佩，乌黑的头发整齐地束在玉冠里；他手上开着一把折扇，扇面上有用娟秀字体题的短诗，落款处隐约能看见个“师”字；扇骨是白玉做成，在灯火的映衬下格外晶莹剔透。

他轻摇折扇，踏过门槛走进来，面若冠玉，气质非凡。

走过李师师的楼下，他状若无意地抬眼，正巧对上楼上那人的目光，鬓鸦凝翠，鬟凤涵青，真可谓是：秋水为神玉为骨，芙蓉如面柳如眉。他不由得痴了，停驻在原地，折扇也停滞在半空中。

他抬头，她低头，四目相对，万籁俱寂。

半晌之后，李师师嫣然一笑，转身落坐在铜镜前。她的笑容还挂在脸上，眸子却漆黑得如同京城的夜色，她不眨眼地盯着镜子里的人，手里不住地摩挲着桌上的胭脂盒。

楼下，人们纷纷惊醒过来，白衣人急不可耐地上楼，留下随从们在门口的名册上签名。

李鸨颇有眼力见地带着一众小厮从房间里鱼贯而出，小桃垂着头跟在队伍最后面，走出门前她忍不住又一次看向那个坐在镜子前的姑娘，只留袅袅婷婷的背影。

李鸨出门正巧遇上那白衣人，她满是皱纹的脸上堆积出谄媚的笑容。楼上的名册上留下了龙飞凤舞的几个字：“殿试秀才赵乙”。

可这矾楼里的人都知道，那才不是什么秀才。

那是这天底下最尊贵的人——当朝天子赵佶。

人间有味俱尝遍，只许江梅一点酸

楼上的窗很快关上了，铮铮的琵琶声从缝隙里飘出，淹没在一片喧闹中。

客人结束了一场美丽的幻梦，又继续投入到属于他们的风花雪月中，徒留下一句“此女只应天上有，人间能得几回闻”，很快也被新的娇俏声掩盖。

小桃站在楼下，抬头望向那紧闭的窗户。只有这时，她才会从李师师的房间走出来，走进这片她似乎已经不适应的热闹中。

自李师师将她带进房间起，她已有很长时间没有出去过。

哪怕是李师师接客时，她也多躲在门帘后，缩在衣柜里，藏在床板下……透过缝隙，她看李师师一双碧眼烟波朦胧，她抱着琵琶，轻拢慢捻，转轴拨弦地唱曲。

这样的日子持续了很久，直到他来。

大观三年（1109 年）八月十七，他是一位新奇的客人：面白如玉，风度翩翩，身着素色长袍，衣袍上的缝线在阳光下闪着金光，仔细一看竟是用金线勾勒。他摇着一把白面玉骨的折扇，腰间坠着一块白玉佩，自称殿试秀才赵乙。

他信步走上前来，呈上见面礼：紫茸二匹、霞叠二端、瑟瑟珠二颗、白金二十镒。点名要见李师师。

小桃看着那男人，震撼于他眼波之中小视一切的态度。

李师师却显得毫不在意，她慢条斯理地沐浴，直至一个时辰后才肯从水中出来。小桃替她插上一只步摇挽住她半湿的头发。

她拢了拢耳边的发丝，冲着门帘之外开口道：“李妈妈，客人还在吗？”

这声音如清泉撞击石岸，又似珍珠落尽玉盘；如烟波流散，又如春风抚兰。

这声音看似钻入耳中，实则沉入心底，像一条百转千回的丝线，直勾得人五脏六腑都细密地颤动起来。

语罢，帘珑轻挑，李师师懒洋洋地步入房中，她的发梢上还带着些水珠，水滴顺着她修长的脖颈流进她的锁骨；她的肌肤白皙胜雪，眼睛细长含着些水汽。她随意地撩拨头发，柔若无骨的嫩手在墨发的映衬下更显得妍丽。她从内而外都散发出一种清冷孤傲，偏生得一双温柔流转的眼眸，俘获人心。

那官人看直了眼，不由自主地咽了咽口水。

似是听到了这一声，她轻轻笑了，笑容浅浅地绽放在她未施粉黛的脸上，如同一滚热油泼在了他的心里。

她一步三摇地走到他面前，盈盈下拜，象征性地为自己的晚到表达了歉意。她吐露规矩的说辞，眼里却含着一股无所畏惧的笑意。赵佶平素见惯了旁人尊敬的样子，突然这般倒令他觉得新奇极了。

她走到琴前，为他唱了一曲《万里春》：

“千红万翠，簇定清明天气。为怜他种种清香，好难为不醉。

我爱深如你。我心在个人心里。便相看老却春风，莫无些欢意。”

她的歌喉琴艺，在东京是少有匹敌的。他听着她柔绵婉约的弹唱，仿佛坠入梦中，如痴如醉，不自觉地以手和拍相击。

一唱一和间，她那多情婉转的眼眸向他投来了清幽的一瞥，她身着乳白色的衣衫，抬手拨弦间从袖口露出些似有似无的清香，她唱着凄婉缠绵的曲子，一呼一吸间是淡淡的忧伤……

他感觉自己心跳忽地漏了一拍。

次日清晨，他解下龙凤鲛绡丝带，送给她作定情信物。在天色微明之时，他匆匆告别了。

李鸨来收拾房间时，对还窝在床上的李师师感慨：昨日的客人来头不小。

李师师拿着那条丝带垂下眼帘，半晌才颇为倦怠地抬眼。她咧嘴一笑，疲惫中透着些狡黠：

“当然，他可是当今圣上。”

一切如她的料想，初次会面她的晚到不仅没让皇帝发怒，反而让他差人送来了大把银子。自那之后，皇上经常来矾楼“微服私访”，与美人共享鱼水之欢。

此事很快在皇宫内部传开，某次在天子的宴会上，有个嫔妃悄悄地问宋徽宗赵佶：“她到底是个什么样的姑娘，能让陛下如此喜欢？”

他哈哈一笑也不怕伤了在座妃子们的心，说道：“她即便和你们穿着同样的衣服站在一起，也会迥然有别。”

他端着酒杯，眯起眼睛看着那波光荡漾的液体，随即仰头一饮而尽，意犹未尽地发出一声叹息：“她的气质和韵味已超脱容貌。”

张迪在一旁揣着手，眼珠一转又心生一计。

当年就是他以一句“人间有味俱尝遍，只许江梅一点酸”向皇上“引荐”了矾楼里的李师师。如今为了不让皇上终日躲躲闪闪，他献计：在离宫旁边秘密地挖一地道通向矾楼的偏门，如此不易为外人察觉圣上的行动，也可保圣上的安全。

于是，离宫一带被列为禁区，御林军日夜巡逻，而地下的通道则直接挖到了李师师的门口。

自此后，皇帝衣襟上终日浸透着李师师的冷香，那把白面折扇也被她用娟秀的字迹题上了他为她写的诗……

并刀如水，吴盐胜雪，纤手破新橙

身为一个歌伎竟能得一国最高统治者的如此垂爱，当真是古今罕有之事。

很快矾楼上上下下都知道了这件事，李师师的房门也从一开始的“门庭若市”转变为“门第尤峻”。

尽管李师师依然是京城的传说，可试问，又有哪个吃了熊心豹子胆的，敢来招惹皇帝宠幸的女子呢？

李师师未曾料到，真的有人无所畏惧，冒死而来。

他是远近闻名的才子，周邦彦。

周邦彦字美成，钱塘人，风雅绝伦，博涉百家。他能按谱制曲，所作乐府长短句，词韵清蔚，在宋神宗的时候就做了朝廷的太乐正。

他时常往来矾楼为李师师作曲写词。

彼时他已年老，见她不为色欲，只恋慕她的才华，一心想与她结成词曲知己。他为她写新词，她替他唱新曲，两人一个精词，一个工曲，一写一演，一唱一和。

有时她会扯出一个挑逗的笑：“皇上宠幸过的女人，你还来见，不怕掉脑袋吗？”

他只是轻笑着，握笔轻轻沾上墨汁，宣纸一铺又是一首好词跃然纸上，那手沾墨运笔间就好似她弹琵琶一样灵巧。

这时她便轻笑着凑在他耳边，秀口微张，坏心眼地吐出一口气，看着执笔之人耳尖通红，浑身一僵，才狡黠地悠然走到桌沿旁为其研墨。

一次，他又趁皇上不在，偷偷来找她。

正当二人填词作曲之时，小桃慌慌张张冲上楼带来一个消息：皇上就要从地道来了。

周邦彦大惊，不知所措。

看着他惊慌失措的模样，她不禁觉得好笑，斜倚在椅子上神情自若地扇着风，看他扯着自己的衣袖，吓得面色惨白直冒冷汗，不住地央求她救他。他晃着她的衣袖，她本想吐出的几句嘲讽也噎了回去。

她拉开床板，让他躲进去。

安顿好周邦彦，李师师整理了衣衫，含着春风拂面的微笑接见了皇上。皇上今日为她带来了江南新进的橙子。

她在这矾楼生活了二十多年，见过了五湖四海的客人，一来二去倒也养刁了她那一张嘴，对吃甚是讲究，与宫里的莺莺燕燕自是不同。

她窝在皇上的怀里，叫小桃取来一把并州产的小刀，那刀是她幼年逃亡路上偶遇的一位同行人所赠予。十几年了，它还是又薄又亮，削铁如泥。

她素手一翻，拨弦一般地轻松切开橙子，又往碗里撒了一点吴地产的雪白精盐，用水冲化了，把切好的橙子放在盐水里蘸着。

她歪着头夹起一块橙子送进皇上的嘴里，笑着问他是不是更甜了些。皇上笑着含住橙子在她的额头上落下一个甜腻的吻，一切尽数落在床底的周邦彦眼里……

清晨，皇上恋恋不舍地离去。李师师从床底拉出狼狈了一晚上的大诗人，他衣冠不整，浑身都沾满了灰尘，临走前他留下了一张宣纸，上面龙飞凤舞地写着一阕《少年游》：

“并刀如水，吴盐胜雪，纤手破新橙。锦幄初温，兽烟不断，相对坐调笙。低声问：向谁行宿？城上已三更。马滑霜浓，不如休去，直是少人行。”

李师师看后竟是咯咯笑出声来，小桃凑上前去看了半晌也看不出什么名堂，只见她颇为欢快地拨响琴弦，为其谱曲。

她不知周邦彦是出于极度酸楚还是卖弄才华，抑或是二者皆有才写下了这样的诗句。在皇上下一次来的时候，她状若无意地把这新做好曲的《少年游》唱给了皇上听。

皇上见词中说的是上次幽会时极端私密之事，十分恼怒。经过各方算计，周邦彦以“职事废弛”罪被赶出京城。

听到这个消息的时候，李师师正在梳妆。

她梳头的手在头上停了片刻，梳妆完毕后，她对小桃说要给周邦彦送行。李鸨迈着急匆匆的步伐堵在了她的房门口，布满皱纹的脸上写满了慌乱。

小桃缩在她后面大气也不敢出一声，李师师看着李鸨的脸露出一个几乎叹息的笑：“我不会走的，不会像姐姐一样。我知道矾楼里不能没有李师师。”

小桃抓着她的衣角，仰头看向那张满是哀伤的脸。

她最终在河畔见到了周邦彦。

他很憔悴，可那一双眸子还是她第一次见他时那样，闪着文人特有的略带轻狂的光。她盈盈走上前去握住他的手，一句话没说，眼神里却透出了无尽歉意。他好脾气地摸着她的发旋宽慰她。

他的眼神温柔，不像是情人，倒像是长辈，在看一个疼爱至极的孩子。

他给她留下了一首词。

李师师失魂落魄地回到矾楼时，皇上已经等了许久。他早知她是为周邦彦送行，心中憋闷，语气自是不好：“师师，你到哪里去了，我苦等了好几个时辰！”

她抬眼，眼里竟已是含满了泪水，她走到他跟前款款跪下：“请皇上恕妾之罪！周邦彦被押解出京，妾念他为妾谱了许多歌词，今为妾填词而获罪，且又年事高迈，好生不忍，所以到都门以杯酒相送！”

皇上心里一怔，看着眼前人儿愁眉泪睫，憔悴不堪的模样，不禁生出了些恻隐之情。他别过脸去不肯看她，口里却问道：“周邦彦说了些什么？”

李师师于红尘中摸爬滚打多年，早就生得一颗七窍玲珑心，听皇上此言就知此事定有转机。她抱起琵琶：“容妾理弦而歌，为陛下献上一曲《兰陵王》。”

柳阴直。烟里丝丝弄碧。隋堤上、曾见几番，拂水飘绵送行色。登临望故国。谁识。京华倦客。长亭路，年去岁来，应折柔条过千尺。

闲寻旧踪迹。又酒趁哀弦，灯照离席。梨花榆火催寒食。愁一箭风快，半篙波暖，回头迢递便数驿。望人在天北。

凄恻。恨堆积。渐别浦萦回，津堠岑寂。斜阳冉冉春无极。念月榭携手，露桥闻笛。沉思前事，似梦里，泪暗滴。

她唱着，脑子里闪过过往的种种，迎向圣上的目光，眼泪恰到好处地从脸上滑落。

她就这样一边唱，一边用红巾擦泪，唱到“酒趁哀弦，灯映离席”时，几乎是歌不成声。曲调凄然，皇上也忍不住泪湿眼眶。他认为自己是个大有慧根的人，从李师师房中走后的第二天，他便降旨复召周邦彦为大晟乐正。

令人意想不到的是，经此一事，徽宗反而天天与周邦彦混在一起，填词作诗，逍遥快活。

有道是：女娲补天已荒唐，又将荒唐演大荒。

借问江湖与海水，何似君情与妾心

这日，矾楼里来了一伙奇怪的人。

为首的人衣着光鲜，举止不俗。他身着华服，身高六尺，额阔顶平，天仓饱满，走动时有若狼形，有养济万人之度量。

跟在他身后之人，一人约莫四十不到的年纪，生得龙眉凤目，皓齿朱唇，三牙掩口髭须，步行端正而规矩；另一人则与之截然不同，黑熊般一身粗肉，交加一字赤黄眉，双眼赤丝乱系，怒发浑如铁刷，狰狞好似狻猊。

李师师倚在床榻边，轻摇着扇子，饶有兴趣地打量这一行人。

待其走近，她起身，敛手向前，仪态万方：“官人一行人气宇轩昂，今至小女闺房，令绮阁蓬荜生辉。”她低头敛目，大气从容。

人群里站着一个身着劲装的青年，闻言抬起那双始终清清冷冷的双眼，正对上她笑盈盈的目光，他目光闪烁偏过头去。

她看着他笑得满目星辰。

她认得他，前不久她从他那儿扣下了他的腰牌：不过是普通木料，上面单刻着一个“青”字。

小桃奉茶站在一边，痴痴地盯着她。她从没有见过这样的李师师，看着她眸子里盛不下就要溢出的柔情，小桃脑子里只有一句话：他不一样。

那次之后，那位青年便总是来她的闺房。与旁人不同，他总是从窗户进来，再从窗户离开。他进来时，举止间猎猎生风，好似浊浪排空惊涛拍岸；临走时也是行云流水，颇有一种“事了拂衣去，深藏功与名”的感觉。

小桃知道，他是江湖上的大侠。

而彼时东京城大街小巷传遍了一条消息：元夜梁山贼寇李逵大闹东京城。

此事惊动了官府，矾楼也被牵涉进来。李师师颇为镇定地将府兵应付回去，转身回到窗前，叩了叩窗栏。片刻之后一个黑衣人旋身落进房间，李师师看着他，轻声道：“原来你是从梁山来的。”

他偏过头去不言语。

她踱步上前抚着他的脸，忽然笑了：“原来你就是燕青。”

他这才抬眼：“你知道我？”

“浪子燕青的大名响彻江湖，如何不知？”她绕着他转圈踱步，一双素手绕过他的脖颈，“传闻都说此人不仅棍棒参差，揎拳飞脚，四百军州到处惊，而且艺苑专精，属实的风月丛中第一名，故称其浪子燕青——”

说到最后一句她踮着脚尖凑到他耳边，将“浪子燕青”四个字念得温柔而缠绵，看着他耳尖泛红咯咯笑了起来。

他将她扯进怀里，在她耳边轻声说：“上次那群人中为首的是梁山首领，宋江宋公明哥哥。身后跟着的一个是江湖人称‘小旋风’的柴进柴大哥，还有人送外号‘黑旋风’的李逵兄弟。我们从梁山来东京，是想完成宋公明哥哥招安的大业……”

言尽于此，像她这般聪慧之人，早就懂了。

怀中的人沉默着没有动作。

半晌，她直起了身，一双会说话的眼睛定定地望着他。

他从怀中掏出一封信：“这是公明哥哥那日见过姑娘后，为姑娘写的。”

“天南地北，问乾坤何处，可容狂客？借得山东烟水寨，来买凤城春色。翠袖围香，鲛绡笼玉，一笑千金值。神仙体态，薄幸如何消得！

回想芦叶滩头，蓼花汀畔，皓月空凝碧。六六雁行连八九，只待金鸡消息。义胆包天，忠肝盖地，四海无人识。闲愁万种，醉乡一夜头白①。”

她没有接过那封信，眼睛一刻也没有从他身上移开，那双含水的眼眸似是会说话一般，它在替她说：“你来见我只是遵了你哥哥的命，来讨一纸赦书吗？”

他也同样望向她，那双始终冷清的眼睛里此刻却蕴含着一种不能言说的情绪，浓郁得仿佛要卷起风雪暗潮。

那一道剑眉似乎也感应着主人的情绪而淡淡皱起，一切都是淡的，却好似在一瞬间经历了一场风起云涌，好似在幽暗的深渊中卷起一把汹涌的火，继而将一切都烧了个干净。

小桃缩在门帘后看着眼前场景，她从未见过如此悲伤的场景，她不明白其中深意，只单纯觉得难过。

她的眼泪哗啦哗啦地流，仿佛在替那两个不能流泪的人将全部的悲伤都流尽。

后来，李师师还是替他在背上刺上了“忠义”二字，用的是那把并州产的小刀。她为他披上衣服时，轻轻在他耳边落下一句：“你从大名府来，可还记得二十年前逃亡路上的小姑娘和这把并刀？”说罢，没等他回答，她便迅速地转身，

① 出自施耐庵《念奴娇·天南地北》

只留给他一个窈窕又萧索的背影。

李师师替他在宋徽宗耳边吹风，她的手臂环过宋徽宗的脖子时，他蹲在矾楼的屋顶吹着冷风，看那晚寂寥的月色。

她替他安排了与皇上的会面，替他拿到了他一直想要的那一纸赦书。

赦书拿给他的时候，他并没有她想象中的那般开心。他只是近乎温柔地看着她，伸手捧起她的脸给了她一个青涩却温柔的吻，他们的第一个吻。

他们都知道，此次之后，他就要离开东京回梁山了。

临走前，他忽然转头问她：愿不愿意跟他走？

小桃看见她笑了，眼睛里晶亮亮的，像含着破碎的星辰。

这星辰化作银河从她的脸颊流下，掉到地上。她笑得比任何时候都漂亮。

当时明月，两处照相思

公元 1120 年，燕青来的最后那晚。

小桃流下了最多的眼泪，不是为她自己，是为那个她日日夜夜看了十几年的人。

她是年少时被李师师从李鸨手里讨来的。

她本是穷苦人家的丫头，因家中无米下锅，被二两银子卖进了矾楼。

她年岁尚小，身材瘦弱，每日灰头土脸的，混在一众婢子中为客人端茶倒水。某次，她端着刚出锅的糕点，要去送给矾楼最出名的头牌歌姬——李师师。

彼时李师师风华绝代，早已名动京城。

坊间皆传她本是汴京城内经营染坊的王寅的女儿，三岁时父亲把她寄名佛寺，老僧为她摩顶，她突然大哭。

老僧人认为她很像佛门弟子，那时大家都管佛门弟子叫“师”，故称其为王师师。

王师师四岁时，父亲因罪死在狱中，她流落街头，被经营矾楼为业的李蕴收养，改名为李师师，从此随她研习琴棋书画，以歌舞侍人。因其“人风流、歌婉转”引得文人雅士纷纷为其题诗，连词曲大师张先在其出道时也为其创作了新词牌《师师令》：

“香钿宝珥。拂菱花如水。学妆皆道称时宜，粉色有、天然春意。蜀彩衣长胜未起。纵乱云垂地。

都城池苑夸桃李。问东风何似。不须回扇障清歌，唇一点、小於珠子。正是残英和月坠。寄此情千里。”

还有至今仍挂在矾楼阁楼间，晏几道亲笔题词的《生查子》：

“远山眉黛长，细柳腰肢袅。妆罢立春风，一笑千金少。

归去凤城时，说与青楼道。遍看颍川花，不似师师好。”

小桃走过楼阁，看着这一张张写满龙飞凤舞字迹的纸被小厮奔跑时带起的风吹得哗啦啦响。她端着糕点，闻到一阵淡淡的香气，那香气是浸透了酒香，伴着脂粉再夹杂些许清幽的墨香，好像从岁月深处散发出来的一样。

“遍看颍川花，不似师师好。”她看着泛黄的纸张，情不自禁念出了声。

小桃走进房间的时候，看见李师师正在上妆。她正拉开妆奁，拿出一块陈旧的胭脂搽在脸上，又拿出一张红纸放在唇间一抿，镜中的人像一下子变得妖艳妩媚起来。

她抚着脸庞，眼眸深处翻起一阵汹涌的情绪，几乎要冲出她的眼眶。

小桃端着盘子呆立在原地，忘记了叩门行礼。

来矾楼一年了，她从未看过这样的李师师。

李师师与矾楼莺莺燕燕的姑娘们不同，她几乎不施脂粉，喜着绢素，整个人清冷得像一朵冰山上的雪莲。

而此刻小桃看着她嫣红的脸颊，有那么一瞬间，她感觉眼前的人好像不是李师师，是另一个人。即使站得很远，好似也能感觉到那股“明艳”之下无法压抑的苦涩。

她情不自禁地往前走，全然没有意识到她沾满灰尘的脸已然映在了铜镜里。

她们在铜镜里四目相对。

后来李师师带着她见过了李鸨，将她讨到身边。

这么些年，师师从来待她极好，给她梳洗打扮，教她音律歌舞。

她看过来的目光总是温柔极了，可小桃总觉得那目光虽落在自己身上，却又好像透过了自己……

小桃流着泪，想起了三个月前，李师师遇见燕青的那个晚上。

李师师带着她坐在矾楼的阳台，那晚的月亮圆得像一块晶莹剔透的白玉盘。

李师师抱着酒坛对着月亮喝得双颊嫣红。

她看着月亮，小桃却在看她——看她无瑕的脸在月亮的映衬下灿灿生光，看她弯弯的柳眉，看她如春水般清波流盼多情流转的眼眸。那双眸子在酒气的熏染下泛着淡淡的红色，水遮雾绕，媚意荡漾，小桃舍不得眨眼。

李师师对着月亮，举起酒杯，似乎在等谁碰杯。

小桃默默给自己斟上一杯酒，轻轻地碰了上去，末了看到她笑了，笑得露出两个浅浅的梨涡。小桃昂首饮下了那一杯酒，安静的空气里藏不住李师师飘然落下的那句“原来已经二十年了……”

小桃跟在李师师身边十几年了，早已习惯了听她说一些自己听不懂的话。

她似乎是个很寂寞的人，这么多年来她的心里似乎藏着一个人。但小桃一直不知道是谁……

直到这一刻，月光下，她从衣袖里掏出一张信纸，上面是她娟秀的字体：

“年时今夜见师师，双颊酒红滋。疏帘半卷微灯外，露华上、烟袅凉飔。簪髻乱抛，偎人不起，弹泪唱新词。

佳期谁料久参差。愁绪暗萦丝。想应妙舞清歌罢，又还对、秋色嗟咨。惟有画楼，当时明月，两处照相思。”

小桃第一次读这首诗，只读得面红耳赤。这诗实在写得缠绵悱恻，绝不像出自一般访客之手。

信纸摊在地板上，纸上压着那个刻着“青”字的木制腰牌。

小桃红着脸，不知是在看信，还是在看腰牌，眼眸微垂喃喃自语道：“‘当时明月，两处照相思’原来是这个意思……”

这份写着缠绵心意的信纸正被微凉的晚风吹得哗啦啦响，让小桃想起了那天的阁楼，想起了那股从岁月里散发的香气……

小桃又去了那个挂满了名人题诗的阁楼，她穿梭在纸张里，看着鼎鼎大名的词人们为姐姐写的诗。

在众多诗文大家中，“秦观”这个名字脱颖而出。他留下的诗句不算多，但每首都透出一种令人回味无穷的美感。

疏朗流畅的章法，连接精致典雅的词句，既高雅，又不凝涩晦昧、难以索解，意境凄迷蒙胧，辞藻精美凝练、琳琅触目，一切都恰如其分、恰到好处。

当然这些都不是小桃注意到他的原因，令她只一瞥便挪不开眼的是那首仅有上联的残片：

“年时今夜见师师，双颊酒红滋。疏帘半卷微灯外，露华上、烟袅凉飔。簪髻乱抛，偎人不起，弹泪唱新词。”

这首词只写了一半便没了后续，可她知道下联。

她的眼前忽然出现了月光下双颊嫣红的李师师，想起她那双亮晶晶的眼睛。她将这首词看得仔细，细看晕开已不分明的落款日期……她不知是抱着什么样的心情，浏览了全部诗词的落款日期。

她看过一张张泛黄的纸，心绪凝结。她知道李师师最多大她十岁，也悄悄估算过她该是元祐五年（1090 年）左右出生，然而这些诗词的落款却有元丰三年（1080 年），甚至公元熙宁三年（1070 年）的。那首名动京城的《师师令》，落款竟是熙宁七年（1074 年）……

她想起李师师每次看向自己的眼神，好像忽然懂了：原来在这矾楼里从来都不只一个李师师。

她抓住那张纸对着空气落下一个并不需要答案的问题：

“相思之人也是你所思念的人吗？”

千古青楼第一流

小桃成为矾楼的头牌时，李师师已经离开很多年了。

北宋也画上句号很多年了。

这么多年来，小桃一直跟在李师师身边，看着她被天下最尊贵之人临幸宠爱，看着她被封为“瀛国夫人”，看着她和周邦彦吟诗作曲，琴瑟和鸣，也看着她和燕青……

小桃拨着琵琶，看着来往喧闹的人群，忽然想到了李师师去拜别周邦彦的那日，想到她垂着眼睛说“矾楼里不能没有李师师”的模样。

不知道是不是因为这句话，李师师最后才没有选择和燕青走。

她甚至不知道，困住她的究竟是这个头衔，还是这份思念。

她下意识学着她的模样拨了一下琴弦，琴弦发出一声呜咽，唱出的歌词化作了一场叹息。

她错了。

如今的矾楼，早已没有李师师很多年了。

可它依然存在，并将一直存在着。

北宋灭亡时，矾楼曾遭遇了灭顶之灾。李师师的芳名传遍了大江南北，自然也传到了金人的耳朵里。

他们带人将矾楼上上下下翻了个遍，也没有找到她。那是自然，早在北宋灭亡的第一天，李师师就悄无声息地消失了，连小桃都找不到的人，金人又怎么找得到呢？她看着他们气急败坏地在矾楼里撒泼，她曾以为，矾楼完了。

可是，矾楼没有完。

它奇迹般地又重建了起来，属于它的风月也还在沸腾，还在奔涌。

她再也没有见过李师师，但关于她的传说却从未消失。有人说她是祸国的妖孽，也有人说她是青楼里罕见的有情有义之人，敢于为了国家在金人面前自戕。

小桃每每听到这些传闻总是嗤笑。

北宋的灭亡从来与李师师无关，人们却偏巧喜欢在她身上强加功过，人们需要她放荡，她就是祸国妖孽；需要她忠贞，她就是贞洁烈女。小桃想，李师师或许就是被这些声名一步一步压垮的。

这么些年，她看着李师师。

看她给了宋徽宗肉欲的满足。

看她给了周邦彦一杯别离酒。

看她给了燕青一纸赦书。

却唯独不知她有没有给自己一个归宿。

她枕着北宋都城烟花般的繁荣，最终湮没在了历史长河冲流而来的泥沙里。

小桃拨着琵琶，掉下了眼泪。

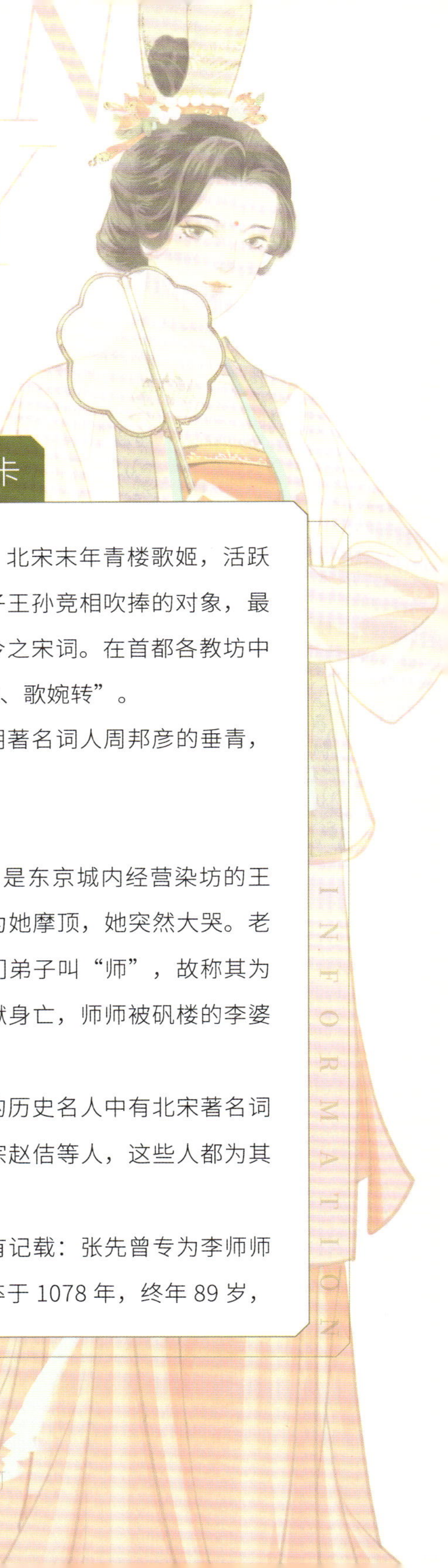

LI SHI SHI 李师师

人物资料卡

李师师（生卒年不详），东京开封府人，北宋末年青楼歌姬，活跃于野史、笔记、小说中。她是文人雅士、公子王孙竞相吹捧的对象，最擅长的是“小唱”，所唱多“长短句”，即今之宋词。在首都各教坊中她独领风骚，高树艳帜，时人称之：“人风流、歌婉转”。

据传，她曾深受宋徽宗喜爱，得到过宋朝著名词人周邦彦的垂青，还曾与《水浒传》中的燕青有染。

关于她的出生有两个流传较广的说法。

一说，李师师出生于公元 1062 年左右，是东京城内经营染坊的王寅的女儿。三岁时父亲把她寄名佛寺，老僧为她摩顶，她突然大哭。老僧人认为她很像佛门弟子，那时大家都管佛门弟子叫“师”，故称其为王师师。四岁时，王寅因为朝廷染布延期入狱身亡，师师被矾楼的李婆婆收养，改名为李师师。

根据各种资料来看，和李师师有过交往的历史名人中有北宋著名词人张先、晏几道、秦观、周邦彦，以及宋徽宗赵佶等人，这些人都为其写过不少诗词。

在罗忼烈先生的《两小山斋论文集》中有记载：张先曾专为李师师创作新词牌《师师令》，而张先生于 990 年卒于 1078 年，终年 89 岁，即使他于 85 岁高龄时作的《师师令》一词，那么李师师最迟于公元 1062 年出生。

另一种说法则是，李师师出生于公元 1090 年左右。

宋徽宗赵佶生于 1082 年，1100 年 19 岁时即位。根据现存资料《李师师外传》显示：公元 1109 年，宋徽宗第一次见到李师师；公元 1120 年宋徽宗为了来往方便，在张迪的建议下修了条“潜道”直通李家。

结合李师师与宋徽宗的年龄差推算，李师师出生于 1090 年左右，初次与宋徽宗相见时两人相差不到十岁，较为合理。且《水浒》中“潜入东京访师师”应该是宣和二年（公元 1120 年）的事，以此年李师师 27 岁推算，她应出生于 1093 年左右，上下也可相对应。

不仅出生成谜，她的下落也始终是一个谜团。

北宋末年宋徽宗被掳，李师师下落不明。有人说她捐出家产资助宋军抗金，自己在慈云观出家做了道士；有人说她被金军掠走，蓬头垢面，不肯盥洗更衣去见金人，乘人不备，吞金簪自杀；也有人说她随便嫁了个商人为妾，后来在钱塘江淹死了。

不论如何，她都与这个浪漫缠绵的王朝一同浸没在了历史的浪潮中。

太委婉的北宋，太耀眼的李师师，她抱着她的琴瑟为这个婉转浪漫的朝代画上了一个句号——徽宗踏着这个句号走向了死亡，燕青踏着这个句号走向了江湖，周邦彦则没有触到这个句号。

在以后的滚滚岁月里：没有赵佶，因为他被掳去了遥远的金国。

没有燕青，因为他是一个受不得拘束的浪子。

没有周邦彦，因为他的最后一声叹息已在遥远中散去。

同样，也没有李师师。

天生丽质，造化独钟，直教人百转千般叹。

INFORMATION

FASHION BEAUTY

王朝云

朝云易逝，暮雨思卿

wang zhaoyun

人美歌甜

苏轼菜谱

唯一传人

玉骨那愁瘴雾，冰姿自有仙风。

王朝云

朝云易逝，暮雨思卿

JIE AO REN SHENG

吴心怡——文

初遇西子

宋人懂得享受，宋舞也因此格外婉转曼丽。

尤其是队舞，各色裙裾柔柔地摇摆起来，旋转成一道绚丽的风景，极具观赏性。苏轼一生见过许多窈窕的歌舞，在皇宫饱览过华丽大气的大晟乐舞，在瓦子见过活泼俏皮的踏歌，有的内敛，有的外放。

但他最怀念的，是熙宁四年西湖边的一支舞。

那是一个再普通不过的艳阳天，彼时的苏轼，早已名满天下，成为文坛领袖，无人不敬仰他的才气。只可惜仕途不济，他因为反对王安石变法，被贬到了杭州。友人们怕他心情抑郁，便在这天约了苏轼前去西湖饮酒。

虽然他们在席间高谈阔论，但西湖美景并不能完全排解词人的惆怅。苏轼饮下几杯，已然有了些醉意，眼前的景象跟着缭乱了起来，蒙蒙眬眬，看不真切。

就在这蒙眬中，新的舞姬们上来跳舞助兴。那领舞的女子绮丽非常，伴着清脆的音乐，时而青腰缦回，时而急促胡旋。

她的身姿婉若游龙，充满了生命的力量和柔美，那飘飘的衣袂如同被打翻的各色丹青，旋转成一道绚丽的景致。苏轼曾在都城见识过华丽的宫廷舞蹈，但他还未见过这般肆意泼洒的舞姿。

领舞的人仿佛化身成一只仙鹤，他眼中的世界纷繁尽散，唯有这一只仙鹤的翩然身姿，深深地印在他的脑海中。

真真惊艳若晴日里的西湖美景。

这只仙鹤便是王朝云。

这惊鸿一瞥，便开启了此后二十余年的缱绻情深。

一舞罢了，众舞女纷纷入座陪侍，朝云亦不例外。许是命运的安排，苏轼的侍酒恰好就是朝云。

此时的朝云已经卸去歌舞时的浓妆，换上了素淡的服饰，不施粉黛，如一枝出水芙蓉，更显清新脱俗。

先前是如牡丹般的浓艳，如今又似这青莲一般素雅，两相对比，韵味十足。纵是阅人无数的苏轼，也被朝云的绝世容颜所倾倒。

一面是国色天香的艳丽，一面是冰清玉洁的仙姿；一面是张扬热情的歌舞，一面是岁月静好的恬淡。朝云在不同风格间毫无违和地切换，着实惊艳了苏轼。

一顾倾人城，再顾倾人国。

朝云对苏轼，何尝不也是满怀倾慕之喜？

朝云的身世凄苦，因家境贫寒，她从小便流落在歌舞班中，不得已做了舞伎。失去家庭庇护，沦落风尘，在本该天真烂漫的年纪，辛苦地做活讨生活，是朝云的大不幸，亦是那个时代女子大不幸的写照之一。

万幸的是，上天在这不幸中赐予了朝云一丝垂怜，赐予了她无双容颜和聪慧机敏。

不得不说，若没有这些天赐之物，朝云恐怕也只是普罗大众中一位普通女子。

容貌和智慧，历来是人们渴求之物。这些要素助朝云从芸芸舞伎中脱颖而出，名动一时。只是，她的心里还是寂寞的，朝云渴望知音，渴望家人，渴望真正的温暖。

苏轼，就是这阴云下照进她心中的一缕阳光。

受人敬仰的文豪苏轼，他的大名对于朝云来说，自是如雷贯耳。

想当年苏轼才十九岁，文坛领袖欧阳修就说他前途无量，文章必将独步天下。而苏轼也确如欧阳修所言，文章诗词无一不佳，每有新作，京城人皆传颂，早已成为新的文坛领袖。

知道自己将为这位文豪起舞助兴，朝云又惊又喜。苏轼在宴席间轻松写下诗句，其才华更是深深折服了朝云。

最出乎她意料的是，本以为苏轼是个不苟言笑的老古板，谁知东坡居士竟如此风趣，在席间侃侃而谈美食美景，温和可亲，完全不似她想象中那样。

此名此情此景此人，朝云如何能不心动？

她有些胆怯地抬起头，便对上了苏轼的一双眼。那是怎样的一双眼呀，仿佛盛着一汪湖水，竟如此明亮有神。

苏轼眼中的光，直看到了朝云心底。

朝云在风月场中见过太多的人，他们有狡黠的眼神、算计的眼神、嫉妒的眼神、贪婪的眼神，甚至目露凶光的眼神。

经历得越多，人的眼神也越复杂。但她从没有看过这样一双眼，在经历了宦海浮沉和身世飘零后，还能这样的赤诚、明亮。

她仿佛顿悟了一般，明白此人将是她命定的劫数，自此朝云决定追随苏轼，伴他身边不离不弃。

这一眼使我深深沦陷，我之于你，将义无反顾。

死生相随

苏轼为朝云取了名字，又取了“子霞”的字给她。取名宛如新生，新生的朝云便开始跟随苏轼四处漂泊。说来也是讽刺，苏轼虽然声名在外，可是朝云的日子过得却并不轻松。

大抵才高之人往往仕途不顺。苏轼在朝堂中多次直抒己见，抨击时政，不被新旧两党朝臣所容，常常被贬，人生经历跌宕起伏，生活自然也十分艰苦。

不过朝云自小吃过苦头，倒也能安之若素。这清苦却安乐的时光如一股细泉，虽然声势并不浩大，却能细水长流，恬淡宁静，殊不知，一场风暴正在下游等待着朝云。

苏轼到湖州做官时，按照惯例要给当时的皇帝宋神宗上表，这本是例行公事，简单写几句漂亮话即可。

但苏轼文人心境，下笔难免掺杂个人感情，又因他在地方任官，发现新法在推行过程中违背了变法初衷，非但没有减轻百姓负担，反使民生日艰，于是写自己“愚不适时”“难以追陪新进”。

“新进”是宋神宗启用的革新派，此番言论明确表明了苏轼不愿与革新派为伍的想法。而当时的改革，是宋神宗一手主持的，最大的革新派就是皇帝本人。苏轼这样说，无意中触了逆鳞。

权力从来不缺乏依附于它的宵小。权力厌恶什么，宵小们自会搜肠刮肚网罗罪名，甚至编造出莫须有的理由，来讨好权力。

苏轼的悲剧正是来源于此。皇帝本人是锐意进取的革新派，他希望臣子们能全部追随自己，至少不能表达出对新法的不满。谁揣摩到了皇帝的心意，谁就能在权力面前分得一杯羹。

很快，苏轼的罪名便来了。苏轼四月写的表文，七月就有御史台官员弹劾他，说其作了大量诗文讽刺改革，阻碍新法，诽谤朝廷。宋神宗怒不可遏，当即下诏捉拿苏轼。虽然有人给苏轼通风报信，但苏轼还是在七月底被强硬押解回京城。

恐惧像天边的黑云压向苏轼和朝云。押解的官员气势汹汹，小吏更是面色狰狞，他们仿佛驱赶家畜一样，夹携着苏轼就上了船。

慌乱和不安，充斥着朝云和苏轼的心。

朝云身为一介无权无势的弱女子，只能眼睁睁地看着苏轼被带走。她紧紧拽着苏轼的手，多么希望时间就此停留，然而命运还是将两人无情分离，朝云只能留一串泪痕在苏轼的衣袖上。

八月苏轼便被下狱审判，来自皇帝的怒意格外恐怖，死亡的威胁从未如此清晰地压迫在苏轼身上。他惶惶不安，甚至到了一日三惊的地步。

不仅苏轼惊恐，苏轼的朋友和家人亦十分惶恐。苏轼平时常写诗词，和朋友们互赠，既然苏轼被认定是大逆不道之人，那么收藏他诗词的朋友和家人，岂不是也有同党嫌疑？

一时间人们纷纷焚烧苏轼的诗文，就连苏轼的第二任妻子王闰之也焚毁了家中的诗稿。才华和诗情，在强权之下毫无尊严，只能化为灰烬随风而逝。

诗文尚且如此，人何以堪？

重压之下，苏轼的家仆妾室开始纷纷离去，各谋出路。

王闰之夜间巡查宅院，只见大半个宅院都空空荡荡，颇有一种人去楼空的凄凉感，只有一间偏房还亮着灯。王闰之推门而入，只见朝云坐在里面，还在练习苏轼教给她的字。

那时的妾室对主家是不必负责任的，相反，主家有义务安置好妾室的去路。比如白居易有一宠爱的歌姬樊素，他年老后，还卖掉了自己的良马安排樊素嫁人。

“年轻的侍女们都出去自谋生路了，只有年老力衰的留在家里。子霞尚且年轻，何苦为难自己？”王闰之是个宽厚妇人，平日对朝云很好，见朝云还笃定地留在这里，不免有些讶异，也不忍心她留在这里继续受累。

朝云笑笑，坦然道：“朝云自小便追随学士，夫人平日待我又极好，我不敢忘恩，也不想辜负了这份情义。”

“学士生死未卜，苏家不得不做最坏的打算，若真到了那一步，我一定安排你嫁个好人家。”王闰之道。

朝云眼眶一红，像是被什么东西缓慢而痛苦地刺中了心房，她淡淡道：“曾经沧海难为水，除却巫山不是云。以前不懂得这两句，想着人生在世必然诸多不称意，若能有不错的去处自然便应该畅快，何来的抑郁不安？现在才明白，见识过高山，便不会留恋丘陵；游览过大江，便不会醉心沟渠。若能追随学士和夫人至死，我情义已尽，也能无憾人生了。”

王闰之亦红了眼眶，握住朝云的手：“患难与共，朝云情义可歌可叹。”两人不由得相对拂泪。

就这样，在那个变化无常的秋冬，朝云在苏宅默默等待，苏轼在狱中煎熬度日。好在事有转机，皇帝最终释放了苏轼。

苏轼顶着漫天的寒雪回到家中，此时距离他被捕已经过去了近半年的时间。

宅门前的落雪铺了厚厚的一层，和枯黄的叶子一起，沉沉压在苏轼心头。曾经欢声笑语的小院，如今看起来冷清不已，竟让苏轼产生了一丝害怕，害怕门后空无一人。

“吱嘎”一声颤悠悠的响动，门扉开了一条缝，朝云秀气的脸探了出来。

“是学士！学士回来了！”朝云简直不敢相信自己的眼睛，苏轼也不敢相信自己的眼睛，他从未想过，一个侍妾，竟会如此情深义重，不离不弃。两人的眼泪仿佛不受控制，早已划过面庞。

经过这次生死考验，苏轼对朝云刮目相看，更添了几分敬重、感激，朝云亦对苏轼更添了执着之情。

然而命途多舛，不仅王闰之先于苏轼和朝云逝世，苏轼更在花甲之年再次被贬，这次更是被贬到了偏僻的惠州。乌台诗案后聚集的侍妾们再次作鸟兽散，徒留朝云一人，陪苏轼翻山越岭。

忠贞相随，风雨无悔，是我对你唯一的承诺。

红颜知己

苏轼的生命中有过三位重要的女子，前两位分别是他的妻子王弗和王闰之。

结发妻子王弗知书达理，在人际关系和处理公事上给了苏轼很大帮助；第二任妻子王闰之，在生活上给了苏轼无微不至的照顾。

人生不如意十之八九，更难有十全十美之事。事业、生活、精神世界难免会缺失一二，多数人甚至无一项可取之处。

然而东坡居士何其幸运，他的妻子们为他的事业和生活提供了无私的帮助，他还得到了幸运女神的又一次垂青——幸遇了红颜知己朝云。

凭着志趣相投，朝云深深地走进了他的精神世界。

善于苦中作乐，大概是二人情感变得更加密切的因缘。

官员外放意味着俸禄和待遇全部直线下降。在黄州谪居时，苏家的生计一度艰难，苏轼不得不带着全家去开垦荒地，种田维持生计。

但东坡居士是相当可爱的，他并非一般自怨自艾之人，更不是放浪形骸、作践身子的浪客。

他懂得享受，也懂苦中作乐，更向往各地的美食和风光。朝云自不必说，她从小便寄人篱下，更懂得自得其乐。二人的性子都豁达乐观，互相感染。对生活的热爱，支撑着二人走过凄风苦雨，也让他们越走越近。

没有钱财，就自己开荒种地；没有玉盘珍馐，就自己取材制作。总之，真正热爱生活的人，不会亏待自己。

黄州地界盛产生猪，当地肥猪肉十分便宜，苏轼便带着朝云便试着以大家弃而不用的肥猪肉制作美食。

一层肥一层瘦的猪肉，洗净去血，开小火熬煮，撇去浮沫，冰水镇泡。再取姜片和大葱，在锅底满满铺上一层，将猪肉仔细码好，倒入黄酒和冰糖，大火烧开，再文火慢烘，直到汤汁收完再开锅。

一开锅，一股子热腾腾的蒸汽便扑了出来，更夹着满鼻的肉香。肥肉晶莹似蒸得发亮的白米饭，瘦肉透亮似上好的珊瑚，又似熬煮上好的糖。咬一口，肥而不腻，再一口，已然融化于唇齿间，最后一口下肚，便全然忘了烦恼事。

精神富足的人，会懂得用生活中的美好琐事来熨帖自己。他们的这道炖肉，就是黄州清苦生活的熨帖，是劳苦多日后难得的享受。

这肉后来还有了名姓，成了名菜，是为“东坡肉”。

朝云和苏轼，不仅在“吃”上意气相投，更在精神上共鸣。正是精神相通，才使苏轼长久地怀念她，哀悼她。

朝云最初跟随苏轼时，年岁尚小，也不识字。

苏轼待她如长兄慈父，悉心教导她读书识字、诗词歌赋。朝云年岁日长，对艺术世界的理解也越来越精进，二人在精神上的共鸣越来越强，往往通过一首词、一首曲，便知道彼此心意，可谓相依相守，琴瑟和鸣。

苏轼曾写有一首《蝶恋花》：

花褪残红青杏小。燕子飞时，绿水人家绕。枝上柳绵吹又少，天涯何处无芳草。

墙里秋千墙外道。墙外行人，墙里佳人笑。笑渐不闻声渐悄，多情却被无情恼。

此曲婉转动人，朝云经常唱这曲给苏轼解闷，可是每次唱完“枝上柳绵吹又少”，就已经泣不成声。

苏轼不由得打趣朝云：“我正悲秋，你又伤春！”

其实朝云所伤的岂是晚春，而是那一句“天涯何处无芳草”，让朝云不由得悲从心来。苏轼一生几乎都在被贬，起复的时光十分短暂，他就如同天涯的杂草，被风吹散的蓬蒿，无根无依。朝云亦从小沦落红尘，可谓同病相怜。

残酷的命运伴随苏轼的抑郁和坚强，让朝云感同身受，为他不平，为他心痛，自不免为他落泪。

只有爱到了深处，才能感他人之感，哀他人之哀，而苏轼亦知朝云是痛惜他自己，因而打趣朝云，劝其宽心。二人同心同德，亦有何求哉！

苏轼曾摸着肚皮问众妻妾侍女，自己肚子里是什么？有人说是文章，有人说是智慧，朝云却笑道："学士一肚子不合时宜。"

苏轼闻言大笑："知我者，唯朝云也。"

只有契阔情深的伴侣，才能知晓对方的经历和志趣。

苏轼半生颠沛，看淡了宦海浮沉、人生百态，也早不是曾经名动京师的少年天才。恃才傲物的自骄、建功立业的渴望，于苏轼来说，都如同天边浮云，刻骨铭心的，唯有自己不变的真心。而这颗敢于仗义执言的真心，自然被政局所排挤，当真是一肚子"不合时宜"。

朝云所言"不合时宜"，其实是肯定了苏轼的赤诚，亦是对苏轼的赞赏：只有这样的东坡居士，才值得我王朝云追随左右。他不会胆怯懦弱，不会曲意逢迎，他只有一颗敢直言和为百姓做事的真心。

纵使夫君有千般"不合时宜"，我甘之如饴，求仁得仁。

天伦喜悲

与苏轼相伴十年后，命运赐予了朝云一份礼物——她怀上了苏轼的骨肉。

朝云自小离开家人讨生活，无比渴望拥有一个温暖完整的家庭，这个孩子是何其珍贵的恩赐。苏轼老来得子，亦是十分珍视。

在父母的无限柔情中，这个带着长辈祝福的孩子诞生了。朝云贴着婴儿温软湿热的脸颊，湿乎乎，肉乎乎，一股子热气，她的眼泪不由自主流了下来。这个孩子是她生命的延续，是她和苏轼爱情的结晶。

“学士可曾想好给孩子起何名字？”朝云柔声问苏轼，末了又垂着头，再次把脸贴在孩子脸上，自言自语般，“不求他大富大贵，不求他聪明伶俐，只求他无灾无病，健康终老。”

为人父母，难免希望孩子成为人中龙凤。朝云此番言论，或许是想起了苏轼曾经的名动一时？只是当年如何的名满京华，今日也不免落魄潦倒，反而不如做个普普通通的平常人。

苏轼对朝云的心思了然于胸，他自己又何尝没有此番感慨？

他轻轻揽过朝云的肩膀，念道：“唯愿孩儿愚且鲁，无灾无难到公卿。”便给孩子取名“苏遁”，小名“干儿”，希望他能远离政治漩涡。

干儿出生后，受到了苏轼和朝云无微不至的照顾。苏轼本人也亲自参与到育儿中去，一家人其乐融融，好不自在。

朝云的心中充满对新生活的期待，分娩孩子时她如走了一遭鬼门关，但当孩子出生后，她又真切感受到新生命带来的喜悦。孩子一点一滴的变化，都会让她惊喜不已，她无法形容那感觉，只觉得有了孩子在身边，便没由来地觉得柔和。

转眼到了第二年，苏轼又接到新的调令，一家人急匆匆地上路了。四月中旬启程，一路颠簸，可怜小干儿还不满一岁，也跟着一路受累。

七月酷暑难当，苏轼和朝云行至金陵江畔，停船修整。江上又热又湿，加上之前旅途劳累，可怜的干儿竟中暑了，急得朝云和苏轼赶紧请郎中医治。

或许命运就是喜欢夺走人身边最后的美好，干儿最终还是没能治好，竟然就此夭折了！

朝云的眼泪要流干了，她抱着小小的干儿，不敢相信。昨天还活蹦乱跳的小人，今天就再也不会笑、不会哭、不会闹了。

朝云记得小干儿的一切。他出生时皮肤白里透着粉，胖乎乎的小胳膊小腿，像一节节的藕一样；脸颊特别温软，湿乎乎的，贴上去一股热气，哭声特别大，仿佛要把方才分娩遭受的委屈都哭出来。

满月后，他会笑了，笑的时候特别好看，两只眼睛又黑又明亮，笑起来弯弯的。

过了百日后，他开始认人了，最先认的就是朝云，只要看到朝云，他就兴奋得手舞足蹈，肚子使劲拱起来，就想让朝云抱他……

一切的一切，朝云都记得，只是，记得有什么用？她最最心爱的干儿，再也不会冲她笑了。

纵使时间消逝，也无法化解朝云的悲痛。

她浆洗过的干儿旧衣还悬挂在衣架上，已经被阳光晒过，可以穿上身，只是那个等待穿衣的干儿再也不会回来了。睹物思人，朝云肝肠寸断，几乎无法行路。

苏轼亦悲痛不已，为了照顾朝云，他特意上表皇帝，请求在太湖周围居住。朝云喜欢湖光山色，他希望太湖的风情美景，能慢慢抚慰朝云受伤的心灵。

两人互相安慰、扶持，度过了最为悲痛的几年。她知晓苏轼担心自己，便将哀伤慢慢收进心里，决定将小我奉献给大我，帮助丈夫造福百姓。

后来苏轼再次调到杭州。杭州是二人最初相遇的地方，此次故地重游，朝云十分感慨。

朝云对苏轼道：“人死不能复生，干儿夭亡，实属不幸。然天下不幸者何其多也，黎民百姓尤其如此。朝云近来思量，但凡是能减轻他们一分负担，便也是功德无量了，就像这西湖，年年淤塞，若能清掉淤泥，对周边百姓岂不是天大的好事？”

苏轼欣然赞同，二人商议起如何治理西湖水患。

他们先是清除了湖底丛生的水草野草，再挖掘出淤泥，建造了西湖堤坝，最后种上菱角、荷花，防止杂草再生。如此修整一番，西湖景色愈发美艳，湖水也不再淤塞。杭州自此没了水患的威胁，可谓大功德一件。

堤岸上杨柳依依，绿影婆娑，往来行人络绎不绝，既有拖家带口来西湖游玩之人，又有靠着西湖讨生活的贫苦百姓。一派热闹的人间烟火，尽是融融天伦之乐。

朝云看在眼里，喜在心里。

人们的喜悦仿佛成了她的喜悦，她自己仿佛也融入了人群中，那烟火气和欢笑声冲淡了干儿离去的悲痛。朝云感到自己轻飘飘、无依靠的身子，被那笑声捉住了，牢牢地矗立在了大地上。她感觉自己活了过来，再也不是那心如槁木的行尸，而是充盈着喜悦的活生生的人儿。

我会遍观这人间烟火，带着对你的思念，珍重，珍重。

如梦如幻

或许老天爷见不得苏轼和朝云过得舒坦，杭州惬意的日子才过了两三年，苏轼又被贬了。颍州、扬州、定州，匆匆上任又匆匆去往下一个地方，命运的指针轻轻一转，最后指向了惠州。

惠州地处岭南，条件恶劣，气候湿热，瘴气逼人。朝云没多久便水土不服，更染上了时疫，终日卧病在床。

这可急坏了苏轼，他四处问医寻药，拜佛念经，祈求朝云能早日康复。咕噜噜的煎药声，朗诵的佛经声，充斥着小小的宅院。

朝云倒是十分淡然，许是看遍了人间冷暖，又历经丧子之痛，朝云的心中已然再难掀起波澜。

苏轼晚年热衷佛学，受他影响，朝云也粗通佛理，以前就学过《金刚经》。

养病的这段时间，她闲来无事，越发沉迷于佛学，俨然把佛学当作了心灵的栖息地。

朝云痴迷到一定程度后，还挣扎着病体，拜惠州当地的名僧为师继续学习。苏轼见她如此执着，不忍拒绝，只得陪她一同前去。

“路途遥远，子霞何苦执意前往？”

朝云笑了笑：“我近来多读佛理，才渐渐通透些，方知这世上之事，若是想做便需尽快去做，惜取眼前事，惜取眼前人，莫使余生后悔。”

名僧的住处幽深静谧，二人撑船，缓缓划过湖面，上了湖心岛，又互相搀扶着走向岛心。

峰回路转，眼前突然一阔，一片绿碧映入眼前——这湖心岛的中心还有几处泉眼，汇成了一片小池塘，真可谓别有洞天。朝云不觉爱上了这里的景色，每隔数月便来参禅悟道。

转眼到了朝云三十四岁那年。这年天气怪得很，惠州本来湿热，腊月却下起了大雪，池塘边压着厚厚的雪，放眼望去，天地一片雪亮。苏轼来接朝云时，笑问禅师授了什么课，朝云却只是笑笑，并不言语。

回家后，也许是路上受了寒，朝云的身子更加孱弱，已经只能卧床难以行走了。苏轼急得连忙煎药寻医，忙碌多日后，他被朝云唤到床边。

“我自己的身子自己清楚，学士不用太过操劳。我这一生虽然清苦，但也十分自洽，唯一放不下的，就只有学士了啊。”

苏轼紧紧握着朝云的手，早已泣不成声。朝云复拍了拍苏轼的手背，轻轻笑道：“学士不是曾问最后一课是什么吗？”

“一切有为法，如梦幻泡影；如露亦如电，应作如是观。”她紧紧握了一下苏轼的手，然后缓缓地放开了。

朝云去了。

她最后的心愿只是让苏轼别太挂念她，直至生命的最后一刻，她还在为她的学士担忧不已。

至此，苏轼的三位人生伴侣全部离世。而朝云在苏轼花甲之年去世，更给了苏轼深深的打击，令他悲痛欲绝，更深感命运无常、力不从心。

他将朝云葬在栖禅寺旁，为她修了坟墓，亲自撰写墓志铭；他为朝云写了数首悼亡诗，数量是三位伴侣中最多的；他为朝云修了六如亭，并亲手写了楹联，更用自己的余生来哀悼朝云。

朝云是不幸的，她出生于那个时代，历经饥饿、贫寒、辛劳、丧子之痛，自己也在韶华正好的年纪便匆匆离世；朝云又是幸运的，她遇到一生挚爱，对方亦视她为红颜知己，珍重待之，二人不离不弃。

在那个大多数女子都难以留名的时代，她的挚爱苏轼为她取名，为她取字，为她立传，为她作铭。

她虽然早早离去，苏轼却让她永远活在了诗文中，活在了历史中，让无数后人吊唁她、赞赏她。

朝云与苏轼，互相成就彼此，恰如明月星辰，交相辉映。

如今栖禅寺依旧矗立，埋葬朝云的松林已亭亭如盖，苏轼写的楹联亦千年留存：

不合时宜，惟有朝云能识我；
独弹古调，每逢暮雨倍思卿。

WANG ZHAO YUN 王朝云

人物资料卡

王朝云（1062 年—1096 年），字子霞，北宋时期吴郡钱塘人。她是著名文学家苏轼的侍妾，也是他的红颜知己。

朝云家境贫寒，早年沦落风尘，为江南名伎，后被苏轼纳入府中。王朝云聪慧善良，又善解人意，深受苏轼喜爱。她的名字在苏轼的作品中几度出现，苏轼被贬惠州后，更是写下《朝云诗》，以示对她的赞美。但即便如此，王朝云也从无恃宠而骄之意，她与苏轼的正室王夫人一起，跟着苏轼几番颠沛流离，始终随遇而安，并无微不至地照料家人。

身为一名孤苦无依的风尘女子，能遇到苏轼，王朝云无疑是幸运的，但她的人生也并不平顺。她与苏轼育有一子，名遁，但在半岁时便不幸夭折。丧子后，她悲伤不已，一心学佛，后身染时疫病逝，年仅 34 岁，临终时，仍在口诵佛经。

INFORMATION

Y A S O N G M E I R E N J

梦后楼台高锁，酒醒帘幕低垂。去年春恨却来时，落花人独立，微雨燕双飞。

记得小蘋初见，两重心字罗衣。琵琶弦上说相思，当时明月在，曾照彩云归。

——北宋・晏几道《临江仙》

F A S H I O N B E A U T

风俗记

FENGSUJI

衣香鬓影，坐观浮世

在家太无聊，不如出去转转。虽说宋朝崇尚简约美，但穿哪件褙子，戴哪顶花冠，也着实是个需要好好考虑的问题。装扮完毕，出发去哪儿？当然是今夏最热闹的金明池！

穿搭

大宋女孩穿搭指南

南方赤火/文

绚丽多彩的大唐如烟花般消散，“云想衣裳花想容”的时代一去不返；降及宋朝，长短句里的风情美人，往往给人婉约、清新、纤弱的印象。

“红藕香残玉簟秋，轻解罗裳，独上兰舟。”

“露浓花瘦，薄汗轻衣透。见客入来，袜刬金钗溜。”

“乍试夹衫金缕缝，山枕斜欹，枕损钗头凤。”

在李清照的小令里，姑娘的衣衫轻薄素淡，仿佛江南碧水里的一捧荷花。

但如果就此认为，宋代的小姐姐们穿衣保守拘谨，那可是大大的误解。

理学与朴素掩盖不了对美的追求。两宋小资们的穿衣风格，也是很有心机的！

基本款：褙子＋抹胸＋裙／裤——显瘦！

从繁华张扬到简约内敛，宋代女装抛却大袖飘飘的形象，转而流行窄袖衣衫。袖口、腰身均窄而贴身，勾勒出素雅自然的曲线。同时，高高的发髻和垂顺的裙子拉长了身体曲线，显得人格外苗条。

是的，两宋女装最明显的风格就是纤细。这里的纤纽可不是饿出来的竹竿瘦，而是通过衣料和版型塑造出的修长身段，显得人瘦而不弱、巧而不妖。

正如张先《菩萨蛮》中描绘："簟纹衫色娇黄浅，钗头秋叶玲珑翦。轻怯瘦腰身，纱窗病起人。"

要问最能体现宋代特色的衣衫是什么，那非褙子莫属！

褙子其实就是一种对襟外套，衣长有长有短，有长袖有短袖，领口和前襟有花边。特点是窄袖、窄胯，两边开衩一直到腋下。衣襟部分一般敞开，露出贴身的抹胸。

宋代的抹胸沿袭唐代，可一点也不保守，宋画里甚至经常有半露酥胸的民间妇女。宋大足石刻中的养鸡女就穿着低胸襦裙；刘松年《茗园赌市图》中的村妇，也是穿着低低的抹胸，下身着裤，周围人的神态均质朴而自然，并没有风流猎奇的意味。

《清明上河图》里的女性人物，也大多穿着对襟修身的褙子，下身着裤，已成日常。

说到裤子，妇女着裤也是宋代的一大特色。由于高足家具的发展，人们由过去的席地而坐演变成垂足而坐，生活节奏加快，裤子无疑是更方便的选项。

民间妇女可能会单穿一条无裆裤，而讲究些的姑娘会在裤外系一条裙子。裙子多褶裥，有六幅、十二幅，最多达三十幅。裙幅越多，绉褶越细，愈轻柔飘逸。或有前后开胯的，称为旋裙，但不拖地，清爽利落。裙面或饰素雅暗纹，或销金刺绣，或缀珠染缬，低调中彰显品位。

所以试想一下，两宋时期的美女姐姐，穿着轻薄如烟雾的纱罗衫子，露出精致的抹胸；外面披一件窄窄的褙子，织物轻柔半透，露出姣好的身段；加上瘦长伶俐的百褶裙，美而清凉，行走之际摇曳生姿，微风吹过，玲珑婉约，人人都是一幅行走的仕女图。

无怪文人们争相吟咏“罗衣乍怯香风薄”“轻衫罩体香罗碧”，对这些素净纤细的美人念念不忘。

D A S O N G C H U A N D A

流行色：淡雅柔和也能很高级

宋代女性衣不重彩，但织染技术的发达，给姑娘们提供了不少全新的配色灵感。虽然有严苛的等级规定，比如平民不能穿五色花衣，但实际上也没什么人遵守。况且大红大紫的衣服也不是宋朝小姐姐们的菜，她们的选择多着呢。

宋代的服装，审美上一反唐代的浓艳鲜丽，而多用浅淡的间色，如鹅黄、淡青、银灰、葱白、沉香、粉紫等较柔和的色彩。类比今天的“莫兰迪色系”，虽然明度不高，却更为和谐典雅、温柔大方，很衬亚洲人肤色。现代女生也可以参考哦！

《宋史》记载，南唐后主李煜的妃子有一次给丝帛染色，把没有染好的布料放在露天过夜，丝帛沾上露水，第二天竟染出了很特别的绿色。后来民间纷纷效仿，将这种颜色称为“天水碧”。五代词人欧阳炯在《浣溪沙》中描述：“天碧罗衣拂地垂，美人初着更相宜，宛风如舞透香肌。”再比如张先的“天碧染衣巾。血色轻罗碎摺裙”，生动地勾勒出这种淡雅碧色的风情。

五代后的两宋，延续了这种对青碧之色的喜爱。宋代的民间姑娘喜着各种青色服装，白衣青裙的村女频频出现在诗词吟咏之中。譬如著名的爱国诗人陆游，就特别喜欢记录那些勤劳朴素的民间姑娘，认为她们有独到之美：

“青裙竹笥何所嗟，插髻烨烨牵牛花。”（《浣花女》）

“白襦女儿系青裙，东家西家世通婚。”（《村女》）

特别是南宋时期，江南水乡的风情塑造了婉约淡雅的穿衣风格，绿色系的衣衫成为时尚主流。“嫩麴罗裙胜碧草，鸳鸯绣字春衫好”（晏几道《蝶恋花》）、“墨绿衫儿窄窄裁”（黄机《浣溪沙》），描绘的都是可以直接入画的水乡女子。

宋锦：低调的奢华

宋代是艺术造诣登峰造极的时代。连当朝皇帝宋徽宗都带头做文艺青年，文人墨客更是争相追求高雅之美，不修炼成琴棋书画的全面型选手都不好意思出门。

就连普通百姓也日日沉浸在美的熏陶中。工匠们烧出了前无古人的“汝瓷”，形状和颜色都精巧典雅，审美极其优秀。纺织业也不甘落后。北宋初年，官府便在东京开设“绫锦院”，集织机四百余架，从四川迁来熟练的蜀锦工匠，日夜开工研发新纹样、新风格。南宋迁都临安后，在苏州、杭州、江宁设立织造署，将江南丝织业带入全盛时期。

“宋锦”应运而生。它的色彩艳而不火，纹样繁而不乱，由比较规则的唐代图案改成了更加活泼的花样。除了传统的祥云、龟背、牡丹、兽鸟之外，更有梅兰竹菊、折枝花鸟等隐逸文人题材，给人以古朴秀雅、流畅飘逸之感。

由于它的珍贵和稀缺，宋锦通常不会用来当作大片衣料。小姐姐们用这种顶尖的哑光丝织品作为细节上的点缀，嵌在衣缘、衣带、云肩之上，亦作为装裱和囊匣，赠予闺蜜或心上人，华而不炫、贵而不显，自用、送礼皆是佳品。

只有一个女人，是土豪到可以全身衣锦的，即大宋的皇后。

在流传至今的宋代皇后画像中，皇后本人并没有像古装剧里一样，穿着富贵的明黄衣裙，而是披着一件看似很低调的深色翟衣。这件衣裳很有讲究。它通体全丝，在藏青地上织出金、红、黄、蓝、白五彩翟鸟纹的宋锦，再手工裁成大袖衣——袆衣的样式。

袆衣是周礼记载的命妇六服之一，后妃、祭服、朝服“三翟”中最隆重的一种。《宋史·舆服志》记载，穿着袆衣的皇后，头上佩戴华美的九龙四凤冠，内穿青纱中单，腰饰深青蔽膝，另挂白玉双佩及玉绶环等饰物。和小家碧玉的宋女日常装束比起来，这套衣冠可谓雍容大方，又丝毫不张扬，穿出了整个大宋的精神气度。

髻簪花：戴在头上的繁华盛世

既然衣服简约素淡，那就在头上做文章吧！高高的发髻有助于拉长视觉效果，塑造高挑苗条的身材，因此深受北宋女子的喜爱。

宋代的高髻不如唐朝那样华丽盛大，但是修长利落，总体上更为清雅自然。

比如“朝天髻”，顾名思义梳得很高，需用假发掺杂在真发内。所以当时还有专门卖假发的店铺，或是专门用假发编织能直接戴在头上的特髻冠子，让“秃头少女”也有春天。

比如发髻根系扎丝带，垂下如流苏的“流苏髻”，还有“堕马髻”“懒梳髻”等，起源于教坊女子，继而流行全国；比如“包髻”，是用彩色的绢、缯之类，将发髻包裹起来；比如苏轼提到的“绀绾双蟠髻”，扎起来犹如龙蟠凤翥一般，加上花钿、珠蕊，自有一番豪逸之态。

但是，人人梳发髻，怎么能展现自己的个性呢？

为了能让高髻锦上添花，她们开始在簪钗上下功夫。发髻的上下左右插上鸟形、花形、凤形、蝶形的金钗，或是玉、珠、翠、簪子、篦等饰品，让自己的臻首千姿百媚。

此外，冠上插梳也是一种流行的装饰。冠用漆纱、金银和珠玉等制成。贵族女子的冠材料更加奢靡，用鱼枕、象牙、玳瑁制成，且演变得十分宽大，有白角冠、珠冠、团冠、花冠、垂肩等；装饰有金银珠翠、彩色花饰，经常还插上多把梳子。有时候左右插的梳子过多过宽，在上轿或进门的时候只能侧着头进……

“香喷瑞兽金三尺，人插云梳玉一弯。”辛弃疾的这句词虽然有所夸张，但也是参照了当时妇女的流行装扮而作。

就这么顶着一头的重量进出，两宋的姑娘也是够拼的。

或许是插簪、插梳太考验脖颈力量，宋代小姐姐们开始寻求更轻便的头上装饰：她们在冠上插花。

下至乡野村女，上至我们的小资时尚 icon——著名才女李清照，都对簪花之事十分热衷。

卖花担上，买得一枝春欲放。泪染轻匀，犹带彤霞晓露痕。
怕郎猜道，奴面不如花面好。云鬓斜簪，徒要教郎比并看。
（李清照《减字木兰花》）

春夏之际可以簪时令鲜花，而在其他季节，小姐姐们也有假花应景。当时流行一种绢花做的花冠，将桃、杏、荷、梅等四时花卉一并装饰在冠上，谓之一年景。

在仁宗皇后的画像中，两侧侍立的宫女，幞头之上就高耸“一年景”花冠，隆重而绚烂。

有趣的是，宋代男子也不介意在自己的脑袋上戴满鲜花，个个都是“花美男”。上至朝廷官家，每逢年节，“皇帝赐花百官”，百官戴花上朝，引得蜂蝶飞舞，是为大宋独特景观；下至市井百姓，节庆之日男女老幼齐簪花。《武林旧事》就记载：“万树簪花满柳街，圣人先自景灵回，不知后面花多少，但见红云朵朵开。”

豪放词人诸如苏轼，一把年纪了也不忘在白头发里插朵花，还自我吐槽不知羞，但花还是要戴的。

“人老簪花不自羞，花应羞上老人头。”

辛弃疾就比较悲催，六十多岁了，“拄杖过西乡”的时候，少年意气风发，跟风摘了一朵牡丹花。可惜头发稀疏插不住，花老掉，转而甩锅帽檐太长。

“白头陪奉少年场。一枝簪不住，推道帽檐长。”（辛弃疾《临江仙·簪花屡堕，戏作》）

不过司马光就是个不太喜欢戴花的钢铁直男。中进士后的喜宴上他被皇帝赐花，不能推辞，只好戴着花招摇过市，回家还专门写文吐槽，觉得簪花的习俗“殊失丈夫之容体”，太娘了。

成书于明朝的《水浒传》，也逼真地描绘了宋代男子簪花的盛行。西门庆出场就戴一朵标志性大红花，浪子燕青更是“鬓畔常簪四季花”，水霸阮小五专喜欢戴石榴花，就连专管砍头的刽子手蔡庆，因为喜戴花，也有个绰号“一枝花”……

所以，想象一下宋代的梁山好汉聚会：一个个精壮汉子坦胸露体，头戴鲜花秀肌肉，女土匪们更是“山花插满头”，大碗喝酒大块吃肉，那画面太美不敢看……

女为悦己者容？错，小姐姐化妆为自己！

北宋陶谷《清异录》中记载了一个名叫莹姐的青楼女子。她酷爱画眉，据说可以每天换一种眉形，一百天不重样，被人戏称为“眉癖”。甚至有人建议她出书，写一本《眉史》，供后人瞻仰参阅。

莹姐靠眉毛成为大V，以至于后人发出感慨，宋代美妆界都卷成什么样了。

不过我认为，莹姐挖空心思画眉，并不完全是为了吸引男人，很大程度上也是出自社会风气和个人爱好。大多数宋代小姐姐对各种争奇斗艳的眉妆，并没有莹姐那样夸张深沉的爱好。她们的妆容衬托衣饰，以浅淡轻纤为多，譬如蛾眉、柳眉、远山眉、横云眉等。画眉多用香墨，会用类似眉刷一样的“画眉篦”，可见当时借助工具进行画眉已经很普遍，手残星人也能“浅浅画双眉。取次梳妆也便宜”。

眉毛以下，宋代姑娘们的妆容普遍偏向素雅，走的是高级知性风，称为“薄妆”。

唐代那种洗脸洗出一盆红泥水的时代已经过去。宋代流行的妆容是“檀晕妆”，先以铅粉打底，然后施以檀粉，逐渐向四周晕染。在面透微红的同时，显出柔和粉嫩的光润。

苏轼有诗云：“鲛绡剪碎玉簪轻，檀晕妆成雪月明”，就是将雪夜的梅花比作施以檀晕妆的美女，清秀淡雅，引人绮思。

此外，宋代还流行“三白妆”——在额头、鼻梁、下巴三处着重涂白，原理和现代的高光一样，突出面部的立体感。

在宋代已经有人发现，传统的铅粉会使皮肤发青发黄，并非理想的美妆产品；细白的米粉容易腐坏，对质量要求很高。于是有人研发出了黑科技粉底：用石膏、滑石、蜡脂、蚌粉和益母草等调配而成，再加上胭脂，称为“玉女桃花粉”。《事林广记》说它“久能去风刺、滑肌肉、消瘢黯、驻姿容，甚妙”，可谓美妆界最早的植入式广告。

当时化妆的工具也颇有进步，出现了“粉中絮”，相当于现在的粉扑。南宋黄升墓中出土了丝绵制作的粉扑实物，十分精巧，同时还出土了一些块状雕花的粉饼，虽然已经失色，但依然能看出不逊于现代名牌彩妆的精致设计。

但不要误以为宋代美女们都一股脑地追求美白。大约是从涂金的佛像中受到启发，宫中曾流行在额部涂抹黄色的颜料，称为“额黄”。苏轼《好事近》中的“临镜纤手上鸦黄”，指的就是女子涂完眉间的额黄，在手上留下淡淡的色彩。

古代女性很早就开始在面上贴花上妆，称为花钿。传统的花钿通常是剪成花卉形状的彩纸。而宋代的小资美女们别出心裁，“万物皆可花钿”，往脸上贴的点缀可谓无奇不有：比如云母片、蜻蜓翅膀、鱼鳞、鱼鳃（这种妆容叫做“鱼媚子”）……当然也有人看不下去，把这种满脸贴花的妆容称为“碎妆”。

至于最富贵的那批人，更是把花钿的炫富功能发挥到了极致：服饰头饰不能太张扬，咱就往脸上贴珍珠！

在宋代皇后画像上，可以看到很多人用珍珠点缀嘴角面靥，或是贴在额中、眉梢、耳畔，或是用一整排珍珠串成耳坠，叫“珠翠排环”——还别说，脸蛋两侧的竖排珍珠，不仅显得容光焕发，还有瘦脸的功效呢。

不过此法过于烧钱，平民无法效仿。生活在现代的我们，也只能从画像中畅想一下宋代的“珍珠妆”了。

水戏

大宋春末夏初 金明池出游 最全攻略

饕食七/文

水戏 VIP 套票限时抽奖 5折

初夏已至，最爽的事情莫过于来一份夏日三件套：空调、wifi 和西瓜。但是在没有空调也没有 wifi 的古代，该如何打发这漫长的炎热时光？近期有很多粉丝私信本旅游博主，想要一份宋朝的消暑旅行指南。

本博主掐指一算，也好久没做活动了，那么除了这篇熬夜整理出的开封出游好去处的详细攻略外，我们还将开启半价 VIP 套票的限时抽奖活动哦，转发并集赞最多的前十名宝宝可以获得抽奖机会，套票只有 5 张，走过路过千万别错过哦。

别眨眼，往下看，关于宋代开封金明池的攻略，正式开始咯！

你是不是以为，古人的初夏，都是袒胸露肚大蒲扇，芭蕉树下小竹席？我们大宋可是文人雅士辈出的时代，怎么可能只有这么粗鲁的纳凉方法，宋代贵族的消暑花样，你想都想不到！今天，就带大伙一起去金明池看“水戏”。

GONGLUE 1 攻略地点：话说金明池

在说明什么是水戏之前，得先好好介绍一下看水戏的地方——金明池。这可不是随便什么人都能去的地方，说得文雅一点，金明池就是北宋最著名的别苑，通俗点说就是皇宫御花园……的大水池子。

据记载，这金明池周长约九里三十步，直径七里许，换算过来，即外围一边的边长约有 4.8 千米，而中间圆形池子的直径约有 3.5 千米。中间有一座拱桥，像飞虹一样，连接着岸边和池中心；靠近池心的桥头，是五殿相连的宝津楼，水中还有各种奇花异石，两岸栽种着各种雅致的植物，是一个很华丽的皇家别苑。

这金明池最开始并不叫金明池。太平兴国三年，宋太宗亲自来工地视察这池子的建造进度，为其赐名，从此之后才有了“金明池”的大名。这池子最开始也不是修给宫里的王公贵族们消暑玩耍之用，而是一个实打实的军事基地，是打算修建给水军用来开展水战演习的。到了政和年间，宋徽宗在金明池里面又是修建宫殿，又是春天携着各种家眷臣子游玩一番，夏天来看个表演的，最终不再提及“水战”一事，而改成了观看水戏的地方。

（ps: 此时不得不插一句，当皇帝也不能玩物丧志啊，心思都拿来玩了，看看后来被打得多惨，家里有孩子的可得把这件事当成反面教材。）

一个人看戏连个交流的伙伴都没有，自然没意思。一小撮贵族们一起看表演，虽然可以唠唠嗑，但贵族较为讲究，这表演到精彩的地方若气氛没到位，看着也不痛快。为了能有一个免费的气氛组，同时又能发扬一下“与民同乐”的优良传统和“走进基层”的进步思想，皇室决定从三月到四月初八，在金明池畔草长莺飞、花红柳绿、春意盎然、夏至未至的时候，对普通百姓敞开大门，允许他们进入金明池游览，一同观赏水戏。要不是北宋皇室如此有格局的做法，我等平民也没机会在这看攻略，想着怎么进去游玩了。

2 攻略项目：眼花缭乱的“水戏”

一年才一次，一次才一个半月，还是进入皇家园林，这样的机会当然是全城哄抢。据说这时候通往金明池的路，都是堵得水泄不通。金明池两岸人头攒动，无论什么阶层的人，无论坐车的、骑马的还是走路的，都蜂拥到金明池去看水戏。拥挤程度怕是堪比现在黄金周的旅游景区。当然，宫中贵人们看戏的地方自然是守卫森严，岸边绿地却是百姓们可以自由观赏的区域。除了能畅游皇家园林好出去吹嘘炫耀一番外，另一个吸引大家的重要原因就是这里的“水戏”。

金明池的水戏一年一届，定期举行，有水战、百戏、竞渡、水秋千、龙舟，还有最重量级的压轴表演：水傀儡。想不到吧，宋人居然这么会玩，这表演的精彩程度比起今天的各种大戏可是毫不逊色啊。

（一）水战：毕竟金明池建造的初衷就是为了模拟水战，水戏以水战打头也算是不忘初心。顾名思义，这水战就是双方在水上模拟交战，当然作为一个观赏节目，火药味会淡很多，娱乐炫技的成分多一点。或许这也是想给开封的百姓一点“错觉”——我们大宋还是很能打的。

（二）百戏：这个是水师表演的娱乐节目，据说有“大旗、狮豹、掉刀、蛮牌、神鬼、杂剧”，池上宫殿耸立，四周彩旗翻飞，颇有一种在水上唱大戏的感觉。但这剧目会更加亲民，动作也会更加活泼。

（三）竞渡：简单来说，就是游泳比赛，不要问游泳比赛有啥好看的，看奥运会的时候游泳比赛难道看得不开心吗？当然，宋人可不是简单比个游泳速度，还得玩点花样。据说一种时髦的玩法就是，把银质的精美小盒子之类的东西丢进波浪翻涌的金明池里，参加竞渡的选手不仅要游得快，还得抢到漂浮在水中的银盒。小盒子在阳光下随意漂浮，在水中若隐若现，一群平时看着很无趣的俊男在浪花中上下扑腾，直到有人捧着战利品出水，发出喜悦的欢呼。这样的比赛，当然观赏性十足。

（四）水秋千：这个项目可有点类似今天的花样跳水了，还不是跳台定点跳，至少也是跳板级别的。当然，名为水秋千，自然和秋千也有点关系。宋人用两艘大的画船，在上面高高地立上秋千，随后两队人马从秋千上翻着筋斗跳下，落入金明池中，既充满技巧性，又有很强的观赏性。

（五）龙舟：自先秦屈原投江后，就有了端午龙舟一说。这么热门的项目，水戏当然少不了。大家都知道画界名人张择端，他因为一幅《清明上河图》一画成名，成为宋代叫得上名号的画家，还被写入历史书中。但其实除了《清明上河图》外，老张还有一幅画，名叫《金明池争标图》，讲的就是这金明池上赛龙舟。

老张的画中，十一艘中间五层、头尾三层的龙舟整齐排列，舟头正对着湖心的临水殿，殿前立有标杆，龙舟蓄势待发，都欲第一个到达殿前，摘下标杆。绝对能看得人热血沸腾。

金明池争标图

3 特色体验：百闻不如一见的“水傀儡”

这傀儡戏，大家可能不那么明白，但要说木偶戏想必大家都清楚。傀儡戏在华夏有很长的历史积淀，早在汉代，就已经有了关于傀儡戏的记载，于是在漫漫的时间长河中，创新的古代艺术家不断革新，发展出了各式各样的傀儡戏。这水傀儡就是其中一种，顾名思义，是在水上表演的傀儡戏。

在金明池的临水殿附近，列着两艘船，是专门的音乐部门，负责水傀儡的背景音乐。旁边的船上面有一个小小的彩绘小楼，下面开着三个小门，正对着金明池的池水，那里就是傀儡棚。

等到正式开演，乐师奏乐，中间的彩门打开，里面会出现一个栩栩如生的小木偶人，致开幕词。然后大家会看到小船驶出，上面坐着一个白衣的垂钓老人，在他身后是一名拼命划船的侍童，摇着桨让小船在水中打圈，老者的鱼竿轻晃，钓起一条活的小鱼。音乐奏得更欢快了，侍童在音乐声中将小船划回了彩棚里。不一会儿，又有舞女翩跹起舞，杂耍的小人戏耍彩球，在水上翻飞。直到戏全部演完，念白结束，停止奏乐，或许你才能反应过来，刚刚那些画面，竟都是偃师操控着木偶完成的。

这样精致的水傀儡，要不是财大气粗的皇帝拨款，平时根本看不到哦。

另外悄悄给大家分享本博的观戏心得：如今跳水梦之队之所以那么厉害，或许是因为我们的祖先早就在研究跳水这回事啦。当时金明池的各类水上项目，催生了一批专业的“职业弄潮选手”，或许也为我们现在的各类水上竞技项目打下了一个不错的基础呢。所以这次的攻略真的超值哦。

4 活动说明：VIP套票使用说明

本次 VIP 五折套票全部是紧邻皇家观赏席的一排岸边席位，套票不记名、不挂失、不兑现。

套票包括：金明池 VIP 席位入场券 1 张、水戏观赏（含水傀儡）、开封特色小吃包子套餐（薄皮春茧包子、水晶包儿、笋肉包儿）。

套票不包括：前往金明池的交通费、和偃师或弄潮儿的绘画留念费、购买水傀儡伴手礼的费用。

你心动了吗？转发本篇攻略至朋友圈，收集点赞并截图发至公众号后台，就有机会获得五折套票哦！赶快行动吧！

图书在版编目（CIP）数据

雅宋美人集 / 顾闪闪等著. —武汉：长江出版社，
2021.8
ISBN 978-7-5492-7870-1
Ⅰ. ①雅… Ⅱ. ①顾… Ⅲ. ①散文集-中国-当代
Ⅳ. ①I267
中国版本图书馆CIP数据核字（2021）第169342号

雅宋美人集 / 顾闪闪 等著

出　　版　长江出版社
（武汉市解放大道1863号　邮政编码：430010）
选题策划　漫娱图书
市场发行　长江出版社发行部
网　　址　http://www.cjpress.com.cn
责任编辑　罗紫晨
特约编辑　徐　珊　罗露露
产品经理　马　飞
总 策 划　熊　嵩
执行策划　罗晓琴
装帧设计　刘江南　李梦君　邓婕
印　　刷　武汉鸿印社科技有限公司
版　　次　2021年8月第1版
印　　次　2024年3月第11次印刷
开　　本　710mm × 1120mm　1 / 16
印　　张　12.75
字　　数　167千字
书　　号　ISBN 978-7-5492-7870-1
定　　价　45.00元

电话：027-82926557(总编室)　027-82926806（市场营销部）